郁達夫作品精選 1

沉淪

—經典新版—

郁達夫——著

醉眼朦朧上酒樓
彷徨吶喊兩悠悠
群盲竭盡蚍蜉力
不廢江河萬古流

郁達夫

《沉淪》目次

銀灰色的死①

上

雪後的東京比平時更添了幾分生氣。從富士山頂吹下來的微風，總涼不了滿都男女的白熱的心腸。一千九百二十年前，在伯利恆的天空游動的那顆明星出現的日期又快到了。街街巷巷的店舖，都裝飾得同新郎新婦一樣，竭力的想多吸收幾個顧客，好添這些年終的利澤。這正是貧兒富主，一樣多忙的時候。這也是逐客離人，無窮傷感的時候。

在上野不忍池的近邊，在一群亂雜的住屋的中間，有一間樓房，立在澄明的冬天的空氣裏。這一家人家，在這年終忙碌的時候，好像也沒有什麼活氣似地，樓上的門窗，還緊緊的閉在那裏。可是金黃的日球，離開了上野的叢林，已經高掛在海青色的天體中間，悠悠的在那裏笑人間的多事了。

太陽的光線，從那緊閉的門縫中間，斜射到他的枕上的時候，他那一雙同胡桃似的眼睛，就睜開了。他大約已經有二十四五歲的年紀。在黑漆漆的房內的光線裏，他的臉色更加覺得灰白，從他面上左右高出的顴骨，同眼下的深深陷入的眼窩看來，他定是一個清瘦的人。

他開了半隻眼睛，看看桌上的鐘，長短針正重疊在X字的上面。開了口，打了一個呵欠，他並不知道他自家是一個大悲劇的主人公，又仍舊嘶嘶的睡著了。半醒半覺的睡了一忽，聽著間壁的掛鐘打了十一點之後，他才跳出了被來。胡亂地穿好了衣服，跑下樓來，洗了手面，他就套上了一雙破皮鞋，跑上外面去了。

他近來的生活狀態，比從前大有不同的地方。自從十月底到如今，兩個月的中間，他每晝夜顛倒的，到各處酒館裏去喝酒。東京的酒館，當爐的大約都是十六八歲的少婦。他雖然知道她們是想騙他的金錢，所以肯同他鬧，同他玩的，然而一到了太陽西下的時候，他總不能在家裏好好的住著。有時候他想改過這惡習慣來，故意到圖書館裏去取他平時所愛讀的書來看，然而到了上燈的時候，他的耳朵裏，忽然會有各種悲涼的小曲兒的歌聲聽見起來；他的鼻孔裏，也會脂粉，香油，油沸魚肉，香煙醇酒的混合的香味到來；他的書的字裏行間，忽然更會跳出一個紅白的臉色來。她那一雙迷人的眼睛，一點一點的擴大起來。同薔薇花苞似的嘴唇，漸漸兒的開放起來，兩顆笑靨，也看得出來了。洋磁似的一排牙齒，也透露著放起光來了。他把眼睛一閉，他的面前，就有許多妙年的婦女坐在紅燈的影裏，微微的在那裏笑著。也有斜視他的，也有點頭的，也有把上下的衣服脫下來的，也有把雪樣嫩的纖手伸給他的。到了那個時候，他總不知不覺的要跟了那隻纖手跑去，同做夢的一樣，走出了圖書館。等到他的懷裏有溫軟的肉體坐著的時候，他才知道他是已經不在圖書館內的冷板凳上了。

昨天晚上，他也在這樣的一家酒館裏坐到半夜過後一點鐘的時候，才走出來，那時候他的神志已經變得昏亂而不清。在路上跌來跌去的走了一會，看看四周並沒有人影，萬戶千門，都寂寂地閉在那裏，只有一行參差不齊的門燈黃黃的投射出了幾處朦朧的黑影。街心的兩條電車的路線，在那裏放磷火似的青光。他立住了足，靠著了大學的鐵欄杆，仰起頭來就看見了那十三夜的明月，同銀盆似的浮在淡青色的空中。他再定睛向四面一看，才知道清淨的電車線路上，電柱上，電線上，歪歪斜斜的人家的屋頂上，都灑滿了同霜也似的月光。他覺得自家一個人孤冷得很，好像同遇著了風浪後的船夫，一個人在北極的雪世界裏漂泊著的樣子。背靠著了鐵欄杆，他盡在那裏看月亮。看了一會，他那一雙衰弱得同老犬似的眼睛裏，忽然滾下了兩顆眼淚來。去年夏天，他結婚的時候的景象，同走馬燈一樣，旋轉到他的眼前來了。

三面都是高低的山嶺，一面寬廣的空中，好像有江水的氣味蒸發過來的樣子。立在山中的平原裏，向這空空蕩蕩的方面一望，誰都能生出一種靈異的感覺出來，知道這天空的底下，就是江水了。在山坡的煞尾的地方，在平原的起頭的區中，有幾點人家，沿了一條同曲線似的青溪，散在疏林蔓草的中間。有一天多情多夢的夏天的深更，因爲天氣熱得很，他同他新婚的夫人，睡了一會，又從床上爬了起來，到朝溪的窗口去納涼去。燈火已經吹滅了，月光從窗裏射了進來。在籐椅上坐下之後，他看見月光射在他夫人的臉上。定睛一看，他覺得她的臉色，同大理白石的雕刻沒有半點分別。看了一會，他心裏害怕起來，就不知不覺的伸出了右手，摸上她的面去。

「怎麼你的面上會這樣涼的？」

「輕些兒吧，快三更了，人家已經睡著在那裏，別驚醒了他們。」

「我問你，唉，怎麼你的面上會一點兒血色都沒有的呢？」

「所以我總是要早死的呀！」

聽了她這一句話，他覺得眼睛裏一霎時的熱了起來。不知是什麼緣故，他就忽然伸了兩手，把她緊緊的抱住了。他的嘴唇貼上她的面上的時候，他覺得她的眼睛裏，也有兩條同山泉似的眼淚在流下來。他們兩人肉貼肉的暗泣了許久，他覺得胸中漸漸兒的舒爽起來了，望望窗外，遠近都灑滿了皎潔的月光。抬頭看看天，蒼蒼的天空裏，有一條薄薄的雲影，浮在那裏。

「你看那天河。……」

「大約河邊的那顆小小的星兒，就是象徵我的星宿吧！」

「是什麼星？」

「織女星。」

說到這裏，他們就停著不說下去了。兩人默默地坐了一會，他又眼看著那一顆小小的星，低聲的對她說：

「我明年未必能回來，恐怕你要比那織女星更苦咧。」

他靠住了大學的鐵欄杆，呆呆的盡在那裏對了月光追想這些過去的情節。一想到最後的那一句話，他的眼淚便連連續續的流了下來，他的眼睛裏，忽然看得見一條溪水來了。那一口朝溪的小窗，也映到了他的眼睛裏來，沿窗擺著的一張漆的桌子，也映到了他的眼睛裏來。桌上的一張半明不滅的洋燈，燈下坐著的一個二十歲前後的女子，那女子的蒼白的臉色，一雙迷人的大眼，小小的嘴唇的曲線，灰白的嘴唇，都映到了他的眼睛裏面。他再也支持不住了，搖了一搖頭，便自言自語的說：

「她死了，她是死了，十月二十八日那一個電報，總是真的。十一月初四的那一封信，總也是真的。可憐她吐血吐到氣絕的時候，還在那裏叫我的名字。」

一邊流淚，一邊他就站起來走，他的酒已經醒了，所以他覺得有點寒冷。到了這深更半夜，他也不願意再回到他那同地獄似的寓裏去。他原來是寄寓在他的朋友的家裏的；他住的樓上，也沒有火鉢，也沒有生氣，總只有幾本舊書，橫攤在黃灰色的電燈光裏等他，他愈想愈不願意回去了，所以他就慢慢的走上了到上野的火車站去的路。原來日本火車站上的人是通宵不睡的；待車室裏，有紅紅的火爐生在那裏；他上火車站去，就是想去烤火取暖，坐待天明的。

一直的走到了火車站，清冷的路上並沒有一個人同他遇見，進了車站，他在空空寂寂的長廊上，只看見兩排電燈，在那裏黃黃的放光。賣票房裏，坐著了二三個女事務員，在那裏打呵欠，進了二等待車室，半醒半睡的坐了兩個鐘頭，他看看火爐裏的火也快完了。遠遠的有幾聲機關車的車輪聲傳了過來。車站裏也來了幾個穿制服的人在那裏跑來跑去的跑。等了一會，從東北來的火車到了。車站上忽然熱鬧了起來，下車的旅客的腳步聲同種種的呼喚聲，混作了一處，傳到他的耳膜上來；跟了一群旅客，他也走出火車站來了。出了車站，他仰起頭來一看，只見蒼色圓形的天空裏，有無數星辰，在那裏微動；從北方忽然來了一陣涼風，他覺得冷得難耐的樣子。月亮已經下山了。街上有幾個早起的工人，拉了車慢慢的在那裏行走，各店家的門燈，都像倦了似的還在那裏放光。走到上野公園的西邊的時候，他忽然長嘆了一聲。朦朧的燈影裏，息息索索的飛了幾張黃葉下來，四邊的枯樹都好像活了起來的樣子，他不覺打了一個冷噤，就默默的站住了。靜靜兒的聽了一會，他覺得四邊並沒有動靜，只有那工人的車輪聲，同在夢裏似的，斷斷續續的打動了他的耳膜，他才知道剛才的不過是幾張落葉的聲音。他走過觀月橋的時候，只見池的彼岸一排不夜的樓台都沉在酣睡的中間，兩行燈火，好像還在那裏嘲笑他的樣子。他到家睡下的時候，東方已經灰白了。

中

這一天又是一天初冬好天氣，午前十一點鐘的時候，他急急忙忙的洗了手面，套上了一雙破皮鞋，就跑出到了外面。

在藍蒼的天蓋下，在和軟的陽光裏，無頭無腦的走了一個鐘頭的樣子，他才覺得飢餓了起來。身邊摸摸看，他的皮包裏，還有五元餘錢剩在那裏。半月前頭，他看看身邊的物件，都已賣完了，所以不得不把他亡妻的一個金剛石的戒指，當入當舖裡去。他的亡妻的最後的這紀念物，只值了一百六十元錢，用不上半個月，如今卻只有五元錢了。

「亡妻呀亡妻，你饒了我吧！」

他淒涼了一陣，羞愧了一陣，終究還不得不想到他目下的緊急的事情上去。他的肚裏儘管在那裏嘰哩咕嚕的響。他算算看這五元餘錢，斷不能到上等的酒館裏去吃一個醉飽，所以他就決意想到他無錢的時候常去的那一家酒館裏去。

那一家酒家，開設在植物園的近邊，主人是一個五十光景的寡婦，當爐的就是那老寡婦的女兒，名叫靜兒。靜兒今年已經是二十歲了。容貌也只平常，但是她那一雙同秋水似的眼睛，同白色人種似的高鼻，不知是什麼理由，使得見她一面過的人，總忘她不了。並且靜兒的性質也和善得非常，對什麼人總是一視同仁，裝著笑臉的。她們那裏，因爲客人不多，所以並沒有廚子。靜兒的母親，從前也在西洋菜館裏當過爐的，因此她卻頗曉得些調羹的妙訣。他從前身邊沒有錢的時候，大抵總跑上靜兒家裏去的，一則因爲靜兒待他周到得很，二則因爲他去慣了，靜兒的母親也信用他，無論多少，總肯替他掛帳的。他酒醉的時候，每對靜兒說他的亡妻是怎麼好，怎麼好，怎麼被他母親虐待，怎麼的染了肺病，死的時候，怎麼的盼望他。說到傷心的地方，他每流下淚來，靜兒有時候也會陪他落些同情之淚。他在靜兒家裏進出，雖然還不上兩個多月，然而靜兒待他，竟好像同待幾年前的老友一樣了。靜兒有時候有不快活的事情，也都會告訴他。據靜兒說，無論男人女人，有秘密的事情，或者有傷心的事情的時候，總要有一個朋友，互相勸慰的能夠講講才好。他同靜兒，大約就是一對能互相勸慰的朋友了。

半月前頭，他也不知道從什麼地方聽來的消息，只聽說靜兒要嫁人去了。因爲不願意直接把這話來問靜兒，所以嗣後他只是默默的在那裏觀察靜兒的行狀。心裏既有了這一條疑心，所以他覺得靜兒待他的態度，比從前總有些不同的地方。有一天將夜的時候，他正在靜兒家坐著喝酒，忽然來了一個三十來歲的男人。靜兒見了這男人，就丟下了他，馬上去招呼這新來的男子；按理這原也是很平常的事情。靜兒走開了，他只能同靜兒的母親說了些無關緊要而且是無味的閒話。然而他一邊說話，一邊卻在那裏注意靜兒和那男人的舉動。等了半點多鐘，靜兒還盡在那裏同那男人說笑，他等得不耐煩起來，就同傷弓的野獸一般，匆匆的走了。自從那一天起，到如今卻有半個多月的光景，他還沒有上靜兒家裏去過。同靜兒絕交之後，他喝酒更加喝得厲害，想他亡妻的心思，也比從前更加沉痛了。

「能互相勸慰的知心好友！我現在上哪裡去找得出這樣的一個朋友呢！」

近來他於追悼亡妻之後，總想到這一段結論上去。有時候他的亡妻的面貌，竟會同靜兒的混到一處來。同靜兒絕交之後，他覺得更加哀傷更加孤寂了。

他身邊摸摸看，皮包裏的錢只有五元餘了。他就想把這事作了口實，跑上靜兒的家裏去。一邊這樣的想，一邊他又想起了「坦好直」（《Tannhäuser》）裏邊的「盍縣罷哈」（「Wolfram von Eschenbach」）來。

「千古的詩人盍縣罷哈呀！我佩服你的大量。我佩服你真能用高潔的心情來愛『愛利查陪脫』。」

想到這裏，他就唱了兩句《坦好直》裏邊的唱句，說：

Dort ist sie;——nahe dich ihr ungestört!……
So flieht für dieses Leben
Mir jeder Hoffnung Schein!
（Wagner's《Tannhäuser》）

（你且去她的裙邊，去算清了你們的相思舊債！）（可憐我一生孤冷！你看那鏡裏的名花，又成了泡影！）

念了幾遍，他就自言自語的說：

「我可以去的，可以上她家裏去的，古人能夠這樣的愛她的情人，我難道不能這樣的愛靜兒麼？」

看他的樣子，好像是對了人家在那裏辯護他目下的行爲似的，其實除了他自家的良心以外，卻並沒有人在那裏責備他。

慢慢的走到了靜兒家裏的時候，她們母女兩個，還剛才起來。靜兒見了他，對他微微的笑了一臉，就問他說：

「你怎麼這許久不上我們家裏來？」

他心裏想說：

「你且問問你自家看吧！」

但是見了靜兒那一副柔和的笑容，他什麼也說不出來了，所以只回答說：「我因爲近來忙得非常。」

靜兒的母親聽了他這一句話之後，就佯嗔佯怒的問他說：

「忙得非常？靜兒的男人說近來你時常上他家裏去喝酒去的呢。」

靜兒聽了她母親的話，好像有些難以爲情的樣子，所以叫她母親說：

「媽媽！」

他看了這些情節，就追問靜兒的母親說：

「靜兒的男人是誰呀？」

「大學前面的那一家酒館的主人，你還不知道麼？」

他就回轉頭來對靜兒說：

「你們的婚期是什麼時候？恭喜你，希望你早早生一個又白又胖的好兒子，我們還要來吃喜酒哩。」

靜兒對他呆看了一忽，好像要哭出來的樣子。

停了一會，靜兒問他說，「你喝酒麼？」

他聽她的聲音，好像是在那裏顫動似的。他也忽然覺得淒涼起來，一味悲酸，彷彿像暈船的人的嘔吐，從肚裏擠上了心來。他覺得一句話也說不出口，只能把頭點了幾點，表明他是想喝酒的意思。他對靜兒看了一眼，靜兒也對他看了一眼，兩人的視線，同電光似的閃發了一下，靜兒就三腳兩步的跑出外面去替他買下酒的菜去了。

靜兒回來了之後，她的母親就到廚下去做菜去，菜還沒有好，酒已經熱了。靜兒就照常的坐在他面前，替他斟酒，然而他總不敢抬起頭來再看她一眼，靜兒也不敢仰起頭來看他。靜兒也不言語，他也只默默的在那裏喝酒。兩人呆呆的坐了一會，靜兒的母親從廚下叫靜兒說：

「菜做好了，你拿了去吧！」

靜兒聽了這話，卻兀的不動身體，老是坐在那裡。他不知不覺的偷看了一下，靜兒是在落眼淚了。

他胡亂的喝了幾杯酒，吃了幾盤菜，就歪歪斜斜的走了出來。外邊街上，人聲嘈雜得很。穿過了一條街，他就走到了一條清淨的路上。走了幾步，走上一處朝西的長坡的時候，看看太陽已經打斜了。遠遠的回轉頭來一看，植物園內的樹林的梢頭，都染了一片絳黃的顏色，他也不知是什麼緣故，對了西邊地平線上溶在太陽光裏的遠山，和遠近的人家的屋瓦上的殘陽，都起了一種惜別的心情。呆呆的看了一會，他就回轉了身，背負了夕陽的殘照，向東的走上了長坡。

同在夢裏一樣，昏昏的走進了大學的正門之後，他忽而聽見有人在叫他說：

「Y君，你上哪裡去！年底你住在東京麼？」

他仰起頭來一看，原來是他的一個同學。新剪的頭髮，穿了一套新做的洋服，手裏拿了一隻旅行的藤篋，他大約是預備回家去過年去的。他對他同學一看，就作了笑容，慌慌忙忙的回答說：

「是的，我什麼地方都不去，你預備回家去過年去麼？」

「對了，我是預備回家去的。」

「你見你情人的時候，請你替我問問安吧。」

「可以的，她恐怕也在那裏想你咧。」

「別取笑了，願你平安回去，再會再會。」

「再會再會，哈……」

他的同學走開了之後，他一個人冷冷清清的在薄暮的大學園中，呆呆的立了許多時候，好像瘋了似的。呆了一會，他又慢慢的向前走去，一邊卻自言自語的說：

「他們都回家去了。他們都是有家庭的人。Oh,home! sweet home!②」

他無頭無腦的走到了家裏，上了樓，在電燈底下坐了一會，他那昏亂的腦髓，也把剛才在靜兒家裏聽見過的話想了出來：

「不錯不錯，靜兒的婚期，就在新年的正月裏了。」

他想了一會，就站了起來，把幾本舊書，捆作了一包，不慌不忙的將那包舊書拿到了學校前邊的一家舊書舖裏。辦了一個天大的交涉，把幾個大天才的思想，僅僅換了九元餘錢；有一本英文的詩文集，因爲舊書舖的主人，還價還得太賤了，所以他仍舊不賣。

得了九元餘錢，他心裏雖然在那裏替那些著書的天才抱不平，然而一邊卻滿足得很。因爲有了這九元餘錢，他就可以謀一晚的醉飽，並且他的最大的目的，也能達得到了。——就是用幾元錢去買些禮物送給靜兒的這一個宏願。

從舊書舖走出來的時候，街上已經是黃昏的世界了，在一家賣給女子用的裝飾品的店裏，買了些麗綳（ribbon）犀簪同兩瓶紫羅蘭的香水，他就一直的跑上了靜兒的家裏。

靜兒不在家，她的母親只一個人在那裏烤火。見他又進來了，靜兒的母親好像有些嫌惡他的樣子，所以問他說：

「怎麼你又來了？」

「靜兒上哪裡去了？」

「去洗澡去了。」

聽了這話，他就走近她的身邊去，把懷裏藏著的那些麗綳香水等拿了出來，對她說：

「這一些兒微物，請你替我送給靜兒，就算作了我送給她的嫁禮吧。」

靜兒的母親見了那些禮物，就滿臉裝起笑容來說：

「多謝多謝，靜兒回來的時候，我再叫她來道謝吧。」

他看看天色已經晚了，就叫靜兒的母親再去替他燙一瓶酒，做幾盤菜。他喝酒正喝到第二瓶的時候，靜兒回來了。靜兒見他又坐在那裏喝酒，不覺呆了一呆，就向他說：

「啊，你又……」

靜兒到廚下去轉了一轉，同她的母親說了幾句話，就回到了他的面前。他以爲她是來道謝的，然而關於剛才的禮物的話，她卻一句也不說，只呆呆的坐在他的面前，盡一杯一杯的在那裏替他斟酒。到後來他拚命的叫她添酒的時候，靜兒就紅了兩眼，對他說：

「你不喝了吧，喝了這許多酒，難道還不夠麼？」

他聽了這話，更加大口痛飲了起來。他心裏的悲哀的情調，正不知從哪裡說起才好，他一邊好像是對了靜兒已經復了仇，一邊又好像是在那裏哀悼自家的樣子。

在靜兒的床上醉臥了許久，到了半夜後二點鐘的時候，他才踉踉蹌蹌的跑出了靜兒的家。街上岑寂得很，遠近都灑滿了銀灰色的月光，四邊並無半點動靜，除了一聲兩聲的幽幽的犬吠聲之外，這廣大的世界，好像是已經死絕了。跌來跌去的走了一會，他又忽然遇著了一個賣酒食的夜店。他摸摸身邊看，袋裏還有四五張五角錢的鈔票剩在那裏。在夜店裏他又重新飲了一個儘量。一霎時他覺得大地高天和四周的房屋，都在那裏旋轉的樣子。倒前衝後的走了兩個鐘頭，他只見他的面前現出了一塊大大的空地來。月光的涼影，同各種物體的黑影，混作了一團，映到了他的眼裏。

「此地大約已經是女子醫學專門學校了吧？」

這樣的想了一想，神志清了一清，他的腦裏，起了痙攣，他又不是現在的他了。幾天前的一場情景，便同電影似的，飛到了他的眼前。

天上飛滿了灰色的寒雲，北風緊得很。在落葉蕭蕭的樹影裏，他站在上野公園的精養軒的門口，在那裏接客。這一天是他們同鄉開會歡迎W氏的日期，在人來人往之中，他忽然看見了一個十七八歲的女子，穿了女子醫學專門學校的制服，不忙不迫的走來赴會。他起初見她面的時候，不覺呆了一呆。等那女子走近他身邊的時候，他才同夢裏醒轉來的人一樣，慌慌忙忙地走上前去，對她說：

「你把帽子外套脫下來交給我吧。」

兩個鐘頭之後，歡迎會散了。那時候差不多已經有五點鐘的光景。出口的地方，取帽子外套的人，擠得厲害。他走下樓來的時候，見那女子還沒穿外套，呆呆的立在門口，所以就又走上去問她說：

「你的外套去取了沒有？」

「還沒有。」

「你把那銅牌交給我，我替你去取吧。」

「謝謝。」

在蒼茫的夜色中，他見了她那一副細白的牙齒，覺得心裏爽快得非常。把她的外套帽子取來了之後，他就跑過後面去，替她把外套穿上了。她回轉頭來看了他一眼，就急急的從門口走了出去。他追上了一步，放大了眼睛看了一忽，她那細長的影子，就在黑暗的中間消失了。

想到這裏，他覺得她那纖軟的身體似乎剛在他面前擦去的樣子。

「請你等一等吧！」

這樣的叫了一聲，上前衝了幾步，他那又瘦又長的身體，就橫倒在地上了。

月亮打斜了。女子醫學校前的空地上，又增了一個黑影。四邊靜寂得很。銀灰色的月光，灑滿了那一塊空地，把世界的物體都淨化了。

下

十二月二十六日的早晨，太陽依舊由東方升了起來，太陽的光線，射到牛込區役所前的揭示場的時候，有一個區役所的老僕，拿了一張告示，貼上了揭示場的木板。那一張告示說：

行路病者：

年齡約可二十四五之男子一名，身長五尺五寸，貌瘦；色枯黃，顴骨頗高，髮長數寸，亂披額上，此外更無特徵。衣黑色嗶嘰舊洋服。衣袋中有Ernest Dowson's《Poems and Prose》③一冊，五角鈔票一張，白綾手帕一方，女人物也，上有S.S.等略字。身邊遺留有黑色軟帽一頂，穿黃色淺皮鞋，左右各已破損。

病為腦溢血。本月二十六日午前九時，在牛込若松町女子醫學專門學校前之空地上發見，距死約四小時。因不知死者姓名住址，故為代付火葬。

牛込區役所示

注釋

①本篇最初連載於一九二一年七月七日至十三日《時事新報》副刊《學燈》，文末有如下英文附記：

The reader must bear in mind that this is an imaginary tale after all,the author can not be responsible to its reality.One word,however,must be mentioned here that be owes much obligation to R.L.Stevenson's《A Lodging for the Night》and the life of Ernest Dowson for the plan of this unambitious story.

此附記的意思是：「讀者須知，這只是一則虛構的故事，作者畢竟不能對其真實性負責。可是，有一點必須在此提到：這篇沒有奢望的小說的構思，取材於史蒂文森的《宿夜》和道生的生平者甚多。」

②英文，噢，家！溫暖的家。
③英文，歐內斯特·多森的《詩與散文》。

沉淪①

一

他近來覺得孤冷得可憐。他的早熟的性情，竟把他擠到與世人絕不相容的境地去，世人與他的中間介在的那一道屏障，愈築愈高了。

天氣一天一天的清涼起來，他的學校開學之後，已經快半個月了。那一天正是九月的二十二日。晴天一碧，萬里無雲，終古常新的皎日，依舊在她的軌道上，一程一程的在那裏行走。從南方吹來的微風，同醒酒的瓊漿一般，帶著一種香氣，一陣陣的拂上面來。在黃蒼未熟的稻田中間，在彎曲同白線似的鄉間的官道上面，他一個人手裏捧了本六寸長的Wordsworth②的詩集，盡在那裏緩緩的獨步。在這大平原內，四面並無人影；不知從何處飛來的一聲兩聲的遠吠聲，悠悠揚揚的傳到他的耳膜上來。他眼睛離開了書，同做夢似的向有犬吠聲的地方看去，但看見了一叢雜樹，幾處人家，同魚鱗似的屋瓦上，有一層薄薄的蜃氣樓，同輕紗似的在那裏飄蕩。

「Oh, you serene gossamer! You beautiful gossamer!③」

這樣的叫了一聲，他的眼睛裏就湧出了兩行清淚來，他自己也不知道是什麼緣故。

呆呆的看了好久，他忽然覺得背上有一陣紫色的氣息吹來，息索的一響，道旁的一枝小草竟把他的夢境打破了。他回轉頭來一看，那枝小草還是顛搖不已，一陣帶著紫羅蘭氣息的和風，溫微微的噴到他那蒼白的臉上來。在這清和的早秋的世界裏，在這澄清透明的空氣中，他的身體覺得同陶醉似的酥軟起來。他好像是睡在慈母懷裏的樣子。他好像是夢到了桃花源裏的樣子。他好像是在南歐的海岸，躺在情人膝上，在那裏貪午睡的樣子。

他看看四邊，覺得周圍的草木，都在那裏對他微笑。看看蒼空，覺得悠久無窮的大自然，微微的在那裏點頭。一動也不動的向天看了一會，他覺得天空中有一群小天神，背上插著了翅膀，肩上掛著了弓箭，在那裏跳舞。他覺得樂極了。便不知不覺開了口，自言自語的說：

「這裏就是你的避難所。世間的一般庸人都在那裏妒忌你，輕笑你，愚弄你；只有這大自然，這終古常新的蒼空皎日，這晚夏的微風，這初秋的清氣，還是你的朋友，還是你的慈母，還是你的情人；你也不必再到世上去與那些輕薄的男女共處去，你就在這大自然的懷裏，這純樸的鄉間終老了罷。」

這樣的說了一遍，他覺得自家可憐起來，好像有萬千哀怨，橫亙在胸中，一口說不出來的樣子。含了一雙清淚，他的眼睛又看到他手裏的書上去。

Behold her, single in the field,
You solitary Highland Lass!
Reaping and singing by herself;

Stop here, or gently pass!
Alone she cuts. and binds the grain,
And sings a melancholy strain;
O,listen! for the vale profound,
Is overflowing with the sound.

看了這一節之後，他又忽然翻過一張來，脫頭脫腦的看到那第三節去。

Will no one tell me what she sings?
Perhaps the plaintive numbers folw
For old, unhappy, far-off things,
And battle long ago:
Or is it some more humble lay,
Familiar matter of today?
Some natural sorrow, loss,or pain,
That has been and may be again!

這也是他近來的一種習慣，看書的時候，並沒有次序的。幾百頁的大書，更可不必說了，就是幾十頁的小冊子，如愛美生的《自然論》（Emerson's《On Nature》），沙羅的《逍遙遊》（Thorean's《Excursion》）之類，也沒有完完全全從頭至尾的讀完一篇過。當他起初翻開一冊書來看的時候，讀了四行五行或一頁二頁，他每被那一本書感動，恨不得要一口氣把那一本書吞下肚子裏去的樣子，到讀了三頁四頁之後，他又生起一種憐惜的心來，他心裏似乎說：

「像這樣的奇書，不應該一口氣就把它念完，要留著細細兒的咀嚼才好。一下子就念完了之後，我的熱望也就不得不消滅，那時候我就沒有好望，沒有夢想了，怎麼使得呢？」

他的腦裏雖然有這樣的想頭，其實他的心裏早有一些兒厭倦起來，到了這時候，他總把那本書收過一邊，不再看下去。過幾天或者過幾個鐘頭之後，他又用了滿腔的熱忱，同初讀那一本書的時候一樣的，去讀另外的書去；幾日前或者幾點鐘前那樣的感動他的那一本書，就不得不被他遺忘了。

放大了聲音把渭遲渥斯④的那兩節詩讀了一遍之後，他忽然想把這一首詩用中國文翻譯出來。

《孤寂的高原刈稻者》

他想想看，《The solitary Highland reaper》詩題只有如此的譯法。

你看那個女孩兒，她只一個人在田裏，
你看那邊的那個高原的女孩兒，她只一個人，冷清清地！
她一邊刈稻，一邊在那兒唱著不已；
她忽兒停了，忽而又過去了，輕盈體態，風光細膩！
她一個人，刈了，又重把稻兒捆起，
她唱的山歌，頗有些兒悲涼的情味；
聽呀聽呀！這幽谷深深，
全充滿了她的歌唱的清音。

有人能說否，她唱的究是什麼？
或者她那萬千的痴話
是唱的前代的哀歌，
或者是前朝的戰事，千兵萬馬；
或者是些坊間的俗曲，

便是目前的家常閒說？
或者是些天然的哀怨，必然的喪苦，自然的悲楚，
這些事雖是過去的回思，將來想亦必有人指訴。

他一口氣譯了出來之後，忽又覺得無聊起來，便自嘲自罵的說道：

「這算是什麼東西呀，豈不同教會裏的讚美歌一樣的乏味麼？英國詩是英國詩，中國詩是中國詩，又何必譯來對去呢！」

這樣的說了一句，他不知不覺便微微兒的笑起來。向四邊一看，太陽已經打斜了；大平原的彼岸，西邊的地平線上，有一座高山浮在那裏，飽受了一天殘照，山的周圍醞釀成一層朦朦朧朧的嵐氣，反射出一種紫不紫紅不紅的顏色來。

他正在那裏出神呆看的時候，喀的咳嗽了一聲，他的背後忽然來了一個農夫。回頭一看，他就把他臉上的笑容改裝成一副憂鬱的面色，好像他的笑容是怕被人看見的樣子。

二

他的憂鬱症愈鬧愈甚了。

他覺得學校裏的教科書，真同嚼蠟一般，毫無半點生趣。天氣清朗的時候，他每捧了一本愛讀

的文學書，跑到人跡罕至的山腰水畔，去貪那孤寂的深味去。在萬籟俱寂的瞬間，在水天相映的地方，他看看草木蟲魚，看看白雲碧落，便覺得自家是一個孤高傲世的賢人，一個超然獨立的隱者。有時在山中遇著一個農夫，他便把自己當作了Zaratustra⑤，把Zaratustra所說的話，也在心裏對那農夫講了。他的megalomaina⑥也同他的hypochondria⑦成了正比例，一天一天的增加起來。在這樣的時候，也難怪他不願意上學校去，去作那同機械一樣的工夫去。他竟有連接四五天不上學校去聽講的時候。

有時候他到學校裏去，他每覺得眾人都在那裏凝視他的樣子。他避來避去想避他的同學，然而無論到了什麼地方，他的同學的眼光，總好像懷了惡意，射在他背脊上的樣子。上課的時候，他雖然坐在全班學生的中間，然而總覺得孤獨得很；在稠人廣眾之中感得的這種孤獨，倒比一個人在冷清的地方感得的那種孤獨還更難受。看看他的同學，一個個都是興高采烈的在那裏聽先生的講義，只有他一個人身體雖然坐在講堂裏頭，心思卻同飛雲逝電一般，在那裏作無邊無際的空想。

好容易下課的鐘聲響了！先生退去之後，他的同學說笑的說笑，談天的談天，個個都同春來的燕雀似的，在那裏作樂；只有他一個人鎖了愁眉，舌根好像被千鈞的巨石錘住的樣子，兀的不作一聲。他也很希望他的同學來對他講些閒話，然而他的同學卻都自家管自家的去尋歡作樂去，一見了他那一副愁容，沒有一個不抱頭奔散的，因此他愈加怨他的同學了。

「他們都是日本人，他們都是我的仇敵，我總有一天來復仇，我總要復他們的仇。」

一到了悲憤的時候，他總這樣的想的，然而到了安靜之後，他又不得不嘲罵自家說：

「他們都是日本人，他們對你當然是沒有同情的，因爲你想得他們的同情，所以你怨他們，這豈不是你自家的錯誤麼？」

他的同學中的好事者，有時候也有人來向他說笑的，他心裏雖然非常感激，想同那一個人談幾句知心的話，然而口中總說不出什麼話來；所以有幾個解他的意的人，也不得不同他疏遠了。他的同學日本人在那裏歡笑的時候，他總疑他們是在那裏笑他，他就一霎時的紅起臉來。他們在那裏談天的時候，若有偶然看他一眼的人，他又忽然紅起臉來，以爲他們是在那裏講他。他同他同學中間的距離，一天一天的遠背起來。他的同學都以爲他是愛孤獨的人，所以誰也不敢來近他的身。

有一天放課之後，他挾了書包回到他的旅館裏來，有三個日本學生同他同路的。將要到他寄寓的旅館的時候，前面忽然來了兩個穿紅裙的女學生。在這一區市外的地方，從沒有女學生看見的，所以他一見了這兩個女子，呼吸就緊縮起來。他們四個人同那兩個女子擦過的時候，他的三個日本人的同學都問她們說：

「你們上那兒去？」

那兩個女學生就作起嬌聲來回答說：

「不知道！」

「不知道！」

那三個日本學生都高聲笑起來，好像是很得意的樣子；只有他一個人似乎是他自家同她們講了話似的，匆匆跑回旅館裏來。進了他自家的房，把書包用力的向席上一丟，他就在席上躺下了——日本室內都鋪的席子，坐也席地而坐，睡也睡在席子上的——他的胸前還在那裏亂跳；用了一隻手枕著頭，一隻手按著胸口，他便自嘲自罵的說：

「You coward fellow, you are too coward!⑧

「你既然怕羞，何以又要後悔？

「既要後悔，何以當時你又沒有那樣的膽量，不同她們去講一句話？

「Oh, coward, coward!」⑨

說到這裏，他忽然想起剛才那兩個女學生的眼波來了。

那兩雙活潑潑的眼睛！

那兩雙眼睛裏，確有驚喜的意思含在裏頭。然而再仔細想了一想，他又忽然叫起來說：

「呆人呆人！她們雖有意思，與你有什麼相干？她們所送的秋波，不是單送給那三個日本人的麼？唉！唉！她們已經知道了，已經知道我是支那人了，否則她們何以不來看我一眼呢！復仇復仇，我總要復他們的仇。」

說到這裏，他那火熱的頰上忽然滾了幾顆冰冷的眼淚下來。他是傷心到極點了。

這一天晚上，他記的日記說：

我何苦要到日本來，我何苦要求學問。既然到了日本，那自然不得不被他們日本人輕侮的。中國呀中國！你怎麼不富強起來，我不能再隱忍過去了。

故鄉豈不有明媚的山河，故鄉豈不有如花的美女？我何苦要到這東海的島國裏來！

到日本來倒也罷了，我何苦又要進這該死的高等學校。他們留了五個月學回去的人，豈不在那裏享榮華安樂麼？這五六年的歲月，教我怎麼能捱得過去。受盡了千辛萬苦，積了十數年的學識，我回國去，難道定能比他們來胡鬧的留學生更強麼？

人生百歲，年少的時候，只有七八年的光景，這最佳最美的七八年，我就不得不在這無情的島國裏虛度過去，可憐我今年已經是二十一了。

槁木的二十一歲！

死灰的二十一歲！

我真還不如變了礦物質的好，我大約沒有開花的日子了。

知識我也不要，名譽我也不要，我只要一個能安慰我體諒我的「心」。一副白熱的心腸！從這一副心腸裏生出來的同情！

從同情而來的愛情！

我所要求的就是愛情！

若有一個美人，能理解我的苦楚，她要我死，我也肯的。

若有一個婦人，無論她是美是醜，能真心真意的愛我，我也願意為她死的。

我所要求的就是異性的愛情！

蒼天呀蒼天，我並不要知識，我並不要名譽，我也不要那些無用的金錢，你若能賜我一個伊甸園內的「伊扶」⑩，使她的肉體與心靈全歸我有，我就心滿意足了。

三

他的故鄉，是富春江上的一個小市，去杭州水程不過八九十里。這一條江水，發源安徽，貫流全浙，江形曲折，風景常新，唐朝有一個詩人讚這條江水說「一川如畫」。他十四歲的時候，請了一位先生寫了這四個字，貼在他的書齋裏，因爲他的書齋的小窗，是朝著江面的。雖則這書齋結構不大，然而風雨晦明，春秋朝夕的風景，也還抵得過滕王高閣。在這小小的書齋裏過了十幾個春秋，他才跟了他的哥哥到日本來留學。

他三歲時候就喪了父親，那時候他家裏困苦得不堪。好容易他長兄在日本W大學卒了業，回到北京，考了一個進士，分發在法部當差，不上兩年，武昌的革命起來了。那時候他已在縣立小學堂卒了業，正在那裏換來換去的換中學堂。他家裏的人都怪他無恆性，說他的心思太活；然而依他自己講來，他以爲他一個人同別的學生不同，不能按部就班的同他們同在一處求學的。所以他進了K

府中學之後，不上半年又忽然轉到H府中學來；在H府中學住了三個月，革命就起來了。H府中學停學之後，他依舊只能回到他那小小的書齋裏來。

第二年的春天，正是他十七歲的時候，他就進了H大學的預科。這大學是在杭州城外，本來是美國長老會捐錢創辦的，所以學校裏浸潤了一種專制的弊風，學生的自由，幾乎被壓縮得同針眼兒一般的小。禮拜三的晚上有什麼祈禱會，禮拜日非但不准出去遊玩，並且在家裏看別的書也不准的，除了唱讚美詩祈禱之外，只許看新舊約書；每天早晨從九點鐘到九點二十分，定要去做禮拜，不去做禮拜，就要扣分數記過。他雖然非常愛那學校近旁的山水景物，然而他的心裏，總有些反抗的意思，因為他是一個愛自由的人，對那些迷信的管束，怎麼也不甘心服從的。住不上半年，那大學裏的廚子，托了校長的勢，竟打起學生來。學生中間有幾個不服的，便去告訴校長，校長反說學生不是。他看看這些情形，實在是太無道理了，就立刻去告了退，仍復回家，到那小小的書齋裏去。那時候已經是六月初了。

在家裏住了三個多月，秋風吹到富春江上，兩岸的綠樹就快凋落的時候，他又坐了帆船，下富春江，上杭州去。卻好那時候石牌樓的W中學正在那裏招插班生，他進去見了校長M氏，把他的經歷說給了M氏夫妻聽，M氏就許他插入最高的班裏去。這W中學原來也是一個教會學校，校長M氏，也是一個糊塗的美國宣教師；他看看這學校的內容倒比H大學不如了。與一位很卑鄙的教務長——原來這一位先生就是H大學的卒業生——鬧了一場，第二年的春天，他就出來了。出了W中學，他看看杭州的學校都不能如他的意，所以他就打算不再進別的學校去。

正是這個時候，他的長兄也在北京被人排斥了。原來他的長兄為人正直得很，在部裏辦事，鐵面無私，並且比一般部內的人物又多了一些學識，所以部內上下都忌憚他。有一天，某次長的私人來問他要一個位置，他執意不肯，因此次長就同他鬧起意見來，過了幾天，他就辭了部裏的職，改到司法界去做司法官去了。他的二兄，那時候正在紹興軍隊裏作軍官，這一位二兄，軍人習氣頗深，揮金如土，專喜結交俠少。他們弟兄三人，到這時候都不能如意之所為，所以那一小市鎮裏的閒人都說他們的風水破了。

他回家之後，便鎮日鎮夜的蟄居在他那小小的書齋裏。他父祖及他長兄所藏的書籍，就作了他的良師益友。他的日記上面，一天一天的記起詩來。有時候他也用了華麗的文章做起小說來；小說裏就把他自己當作了一個多情的勇士，把他鄰近的一家寡婦的兩個女兒，當作了貴族的苗裔，把他故鄉的風物，全編作了田園的情景；有興的時候，他還把他自家的小說，用單純的外國文翻譯起來；他的幻想愈演愈大了，他的憂鬱病的根苗，大概也就在這時候培養成功的。

在家裏住了半年，到了七月中旬，他接到他長兄的來信說：

院內近有派予赴日本考察司法事務之意，予已許院長以東行，大約此事不日可見命令，渡日之先，擬返里小住。三弟居家，斷非上策，此次當偕赴日本也。

他接到了這一封信之後，心中日日盼他長兄南來，到了九月下旬，他的兄嫂才自北京到家。住了一月，他就同他的長兄長嫂同到日本去了。到了日本之後，他的dreams of the romantic age⑪尚未醒悟，模模糊糊的過了半載，他就考入東京第一高等學校裡去了。這正是他十九歲的秋天。

第一高等學校將開學的時候，他的長兄接到了院長的命令，要他回去。他的長兄就把他寄託在一家日本人的家裏，幾天之後，他的長兄長嫂和他的新生的侄女兒就回國去了。

東京的第一高等學校裏有一班預備班，是爲中國學生特設的。

在這預科裏預備一年，卒業之後才能入各地高等學校的正科，與日本學生同學。他考入預科的時候，本來塡的是文科，後來將在預科卒業的時候，他的長兄定要他改到醫科去，他當時亦沒有什麼主見，就聽了他長兄的話把文科改了。預科卒業之後，他聽說N市的高等學校是最新的，並且N市是日本產美人的地方，所以他就要求到N市的高等學校去。

四

他的二十歲的八月二十九日的晚上，他一個人從東京的中央車站乘了夜行車到N市去。

那一天大約剛是舊曆的初三四的樣子，同天鵝絨似的又藍又紫的天空裏，灑滿了一天星斗。半痕新月，斜掛在西天角上，卻似仙女的蛾眉，未加翠黛的樣子。他一個人靠著了三等車的車窗，默默的在那裏數窗外人家的燈火。火車在暗黑的夜氣中間，一程一程地進去，那大都市的星星燈火，也一點一點的朦朧起來，他的胸中忽然生了萬千哀感，他的眼睛裏就忽然覺得熱起來了。

「Sentimental, too sentimental!」⑫

這樣的叫一聲，把眼睛揩了一下，他反而自家笑起自家來。

「你也沒有情人留在東京，你也沒有弟兄知己住在東京，你的眼淚究竟是爲誰灑的呀！或者是對於你過去的生活的傷感，或者是對你二年間的生活的餘情，然而你平時不是說不愛東京的麼？

「唉，一年人住豈無情。

「黃鶯住久渾相識，欲別頻啼四五聲！」

胡思亂想的尋思了一會，他又忽然想到初次赴新大陸去的清教徒的身上去。

「那些十字架下的流人，離開他故鄉海岸的時候，大約也是悲壯淋漓，同我一樣的。」

火車過了橫濱，他的感情方才漸漸兒的平靜起來。呆呆的坐了一忽，他就取了一張明信片出來，墊在海涅（Heine）的詩集上，用鉛筆寫了一首詩寄他東京的朋友。

峨眉月上柳梢初，又向天涯別故居。四壁旗亭爭賭酒，六街燈火遠隨車。亂離年少無多淚，行李家貧只舊書。夜後蘆根秋水長，憑君南浦覓雙魚。

在朦朧的電燈光裏，靜悄悄的坐了一會，他又把海涅的詩集翻開來看了。

Lebet wohl, ihr glatten Saele,
Glatte Herren, glatte, Frauen!
Auf die Berge will ich steigen,
Lac end auf euch niederschauen!
　　Aus Heines Buch der Lieder.

浮薄的塵寰，無情的男女，
　你看那隱隱的青山，我欲乘風飛去，
且住且住，
　我將從那絕頂的高峰，笑看你終歸何處。

單調的輪聲，一聲聲連連續續的飛到他的耳膜上來，不上三十分鐘，他竟被這催眠的車輪聲引誘到夢幻的仙境裏去了。

早晨五點鐘的時候，天空漸漸兒的明亮起來。在車窗裏向外一望，他只見一線青天還被夜色包住在那裏。探頭出去一望，一層薄霧，籠罩著一幅天然的畫圖，他心裏想了一想：

「原來今天又是清秋的好天氣，我的福分，真可算不薄了。」
過了一個鐘頭，火車就到了N市的停車場。
下了火車，在車站上遇見了一個日本學生；他看看那學生的制帽上也有兩條白線，便知道他也是高等學校的學生。他走上前去，對那學生脫了一脫帽，問他說：
「第X高等學校是在什麼地方？」
那學生回答說：
「我們一路去吧。」
他就跟了那學生跑出火車站來；在火車站的前頭，乘了電車。
早晨還早得很，N市的店家都還未曾起來。他同那日本學生坐了電車，經過了幾條冷清的街巷，就在鶴舞公園前面下了車。他問那日本學生說：
「學校還遠得很麼？」
「還有二里多路。」
穿過了公園，走到稻田中間的細路上的時候，他看看太陽已經起來了。稻上的露滴，還同明珠似的掛在那裏。前面有一叢樹林，樹林蔭裏，疏疏落落的看得見幾椽農舍。有兩三條煙囪筒子，突出在農舍的上面，隱隱約約的浮在清晨的空氣裏。一縷兩縷的青煙，同爐香似的在那裏浮動，他知道農家已在那裏炊早飯了。

到學校近邊的一家旅館去一問，他一禮拜前頭寄出的幾件行李，早已經到在那裏。原來那一家人家是住過中國留學生的，所以主人待他也很殷勤。在那一家旅館裏住下了之後，他覺得前途好像有許多歡樂在那裏等他的樣子。

他的前途的希望，在第一天的晚上，就不得不被目前的實情嘲弄了。原來他的故里，也是一個小小的市鎮。到了東京之後，在人山人海的中間，他雖然時常覺得孤獨，然而東京的都市生活，同他幼時的習慣尙無十分齟齬的地方。如今到了這N市的鄉下之後，他的旅館，是一家孤立的人家，四面並無鄰舍，左首門外便是一條如發的大道，前後都是稻田，西面是一方池水，並且因爲學校還沒有開課，別的學生還沒有到來，這一間寬曠的旅館裏，只住了他一個客人。白天倒還可以支吾過去，一到了晚上，他開窗一望，四面都是沉沉的黑影，並且因N市的附近是一大平原，所以望眼連天，四面並無遮障之處，遠遠裏有一點燈火，明滅無常，森然有些鬼氣。天花板裏，又有許多蟲鼠，息栗索落的在那裏爭食。窗外有幾株梧桐，微風動葉，颯颯的響得不已，因爲他住在二層樓上，所以梧桐的葉戰聲，近在他的耳邊。他覺得害怕起來，幾乎要哭出來了。他對於都市的懷鄉病（nostalgia）從未有比那一晚更甚的。

學校開了課，他朋友也漸漸兒的多起來。感受性非常強烈的他的性情，也同天空大地叢林野水融和了。不上半年，他竟變成了一個大自然的寵兒，一刻也離不了那天然的野趣了。

他的學校是在N市外，剛才說過N市的附近是一大平原，所以四邊的地平線，界限廣大的很。

那時候日本的工業還沒有十分發達，人口也還沒有增加得同目下一樣，所以他的學校的近邊，還多是叢林空地，小阜低崗。除了幾家與學生做買賣的文房具店及菜館之外，附近並沒有居民。荒野的中間，只有幾家為學生設的旅館，同曉天的星影一般，散綴在麥田瓜地的中央。晚飯畢後，披了黑呢的縵斗（la manteau），拿了愛讀的書，在遲遲不落的夕照中間散步逍遙，是非常快樂的。他的田園趣味，大約也是在這 Idyllic Wanderings⑬的中間養成的。

在生活競爭不十分猛烈，逍遙自在，同中古時代一樣的時候；在風氣純良，不與市井小人同處，清閒雅淡的地方；過日子正如做夢一般。他到了N市之後，轉瞬之間，已經有半載多了。

熏風日夜的吹來，草色漸漸兒的綠起來。旅館近旁麥田裡的麥穗，也一寸一寸的長起來了。草木蟲魚都化育起來，他的從始祖傳來的苦悶也一日一日的增長起來，他每天早晨，在被窩裡犯的罪惡，也一次一次的加起來了。

他本來是一個非常愛高尚愛潔淨的人，然而一到了這邪念發生的時候，他的智力也無用了，他的良心也麻痺了，他從小服膺的「身體髮膚，不敢毀傷」的聖訓，也不能顧全了。他犯了罪之後，每深自痛悔，切齒的說，下次總不再犯了，然而到了第二天的那個時候，種種幻想，又活潑潑的到他的眼前來。他平時所看見的「伊扶」的遺類，都赤裸裸的來引誘他。中年以後的madam⑭的形體，在他的腦裡，比處女更有挑發他情動的地方。他苦悶一場，惡鬥一場，終究不得不做她們的俘虜。這樣的一次成了兩次，兩次之後就成了習慣了。他犯罪之後，每到圖書館裡去翻出醫書來看，醫書上都千篇一律的說，於身體最有害的就是這一種犯罪。從此之後，他的恐懼心也一天一天的增加起來。有一天他不知道從什麼地方得來的消息，好像是一本書上說，俄國近代文學的創設者Gogol⑮也犯這一宗病，他到死竟沒有改過來，他想到了Gogol心裡就寬了一寬，因爲這《死了的靈魂》的著者，也是同他一樣的。然而這不過是自家對自家的寬慰而已，他的胸裡，總有一種非常的憂慮存在那裡。

因爲他是非常愛潔淨的，所以他每天總要去洗澡一次，因爲他是非常愛惜身體的，所以他每天總要去吃幾個生雞子和牛乳；然而他去洗澡或吃生雞子的時候，他總覺得慚愧得很，因爲這都是他犯罪的證據。他覺得身體一天一天的衰弱起來，記憶力也一天一天的減退了。他又漸漸兒的生了一種怕見人面的心，見了婦女的時候，他覺得更加難受。學校的教科書，他漸漸的嫌惡起來，法國自然派的小說和中國那幾本有名的誨淫小說，他念了又念，幾乎記熟了。

有時候他忽然做出一首好詩來，他自家便喜歡得非常，以爲他的腦力還沒有破壞。那時候他每對著自家起誓說：「我的腦力還可以使得，還能做得出這樣的詩，我以後決不再犯罪了。過去的事實是沒法，我以後總不再犯罪了。若從此自新，我的腦力還是很可以的。」

然而，到了緊迫的時候，他的誓言又忘了。

每禮拜四五，或每月的二十六七的時候，他索性盡意的貪起歡來。他的心裏想，自下禮拜一或下月初一起，我總不犯罪了。有時候正合到禮拜六或月底的晚上，去剃頭洗澡去，以爲這就是改過自新的記號，然而過幾天，他又不得不吃雞子和牛乳了。

他的自責心同恐懼心，竟一日也不使他安閒，他的憂鬱症也從此厲害起來了。這樣的狀態繼續了一二個月，他的學校裏就放了暑假。暑假的兩個月內，他受的苦悶，更甚於平時；到了學校開課的時候，他的兩頰的顴骨更高起來，他的青灰色的眼窩更大起來，他的一雙靈活的瞳人，變了同死魚的眼睛一樣了。

五

秋天又到了。浩浩的蒼空，一天一天的高起來。他的旅館旁邊的稻田，都帶起黃金色來。朝夕的涼風，同刀也似的刺到人的心骨裏去，大約秋冬的佳日，來也不遠了。

一禮拜前的有一天午後，他拿了一本Wordsworth的詩集，在田塍路上逍遙漫步了半天。從那一天以後，他的循環性的憂鬱症，尚未離他的身過。前幾天在路上遇著的那兩個女學生，常在他的腦裡，不使他安靜，想起那一天的事情，他還是一個人要紅起臉來。

他近來無論上什麼地方去，總覺得有坐立難安的樣子。他上學校去的時候，覺得他的日本同學都似在那裏排斥他。他的幾個中國同學，也許久不去尋訪了，因爲去尋訪了回來，他心裏反覺得空虛。因爲他的幾個中國同學，怎麼也不能理解他的心理。他去尋訪的時候，總想得些同情回來的，然而談了幾句以後，他又不得不自悔尋訪錯了。有時候講得投機，他就任了一時的熱意，把他的內外的生活都講了出來，然而到了歸途，他又自悔失言，心理的責備，倒反比不去訪友的時候更加厲害。他的幾個中國朋友，因此都說他是染了神經病了。他聽了這話之後，對了那幾個中國同學，也同對日本學生一樣，起了一種復仇的心。他同他的幾個中國同學，一日一日的疏遠起來。雖在路上，或在學校裏遇見的時候，他同那幾個中國同學，也不點頭招呼。中國留學生開會的時候，他當然是不去出席的。因此他同他的幾個同胞，竟宛然成了兩家仇敵。

他的中國同學的裏邊，也有一個很奇怪的人，因爲他自家的結婚有些道德上的罪惡，所以他專喜講人家的醜事，以掩己之不善，說他是神經病，也是這一位同學說的。

他交遊離絕之後，孤冷得幾乎到將死的地步，幸而他住的旅館裏，還有一個主人的女兒，可以牽引他的心，否則他真只能自殺了。他旅館的主人的女兒，今年正是十七歲，長方的臉兒，眼睛大得很，笑起來的時候，面上有兩顆笑靨，嘴裏有一顆金牙看得出來，因爲她的笑容是非常可愛，所以她也時常在那裡笑的。

他心裏雖然非常愛她，然而她送飯來或來替他鋪被的時候，他總裝出一種兀不可犯的樣子來。他心裏雖想對她講幾句話，然而一見了她，他總不能開口。她進他房裏來的時候，他的呼吸竟急促到吐氣不出的地步。他在她的面前實在是受苦不起了，所以近來她進他的房裏來的時候，他每不得不跑出房外去。然而他思慕她的心情，卻一天一天的濃厚起來。有一天禮拜六的晚上，旅館裏的學生都上N市去行樂去。他因爲經濟困難，所以吃了晚飯，上西面池上去走了一回，就回來了。

回家來坐了一會，他覺得那空曠的二層樓上，只有他一個人在家。靜悄悄的坐了不耐煩起來的時候，他又想跑出外面去。然而要跑出外面去，不得不由主人的房門口經過，因爲主人和他女兒的房，就在大門的邊上。他記得剛才進來的時候，主人和他的女兒正在那兒吃飯。他一想到經過她面前的時候的苦楚，就把跑出外面去的心思丟了。

拿出一本G.Gissing⑯的小說來讀了三四頁之後，靜寂的空氣裏，忽然傳了幾聲煞煞的潑水聲音過來。他靜靜兒的聽了一聽，呼吸又一霎時的急了起來，面色也漲紅了。遲疑了一會，他就輕輕的開了房門，拖鞋也不拖，幽腳幽手的走下扶梯去。輕輕的開了便所的門，他盡兀兀的站在便所的玻璃窗口偷看。原來他旅館裏的浴室，就在便所的間壁，從便所的玻璃窗看去，浴室裏的動靜了了可見。他起初以爲看一看就可以走的，然而到了一看之後，他竟同被釘子釘住的一樣，動也不能動了。

那一雙雪樣的乳峰！

那一雙肥白的大腿！

這全身的曲線！

呼氣也不呼，仔仔細細的看了一會，他面上的筋肉都發起痙攣來。愈看愈顫得厲害，他那發顫的前額部竟同玻璃窗衝擊了一下。被蒸氣包住的那赤裸裸的「伊扶」便發了嬌聲問說：

「是誰呀……」

他一聲也不響，急忙跳出了便所，就三腳兩步的跑上樓上去了。

他跑到了房裏，面上同火燒的一樣，口也乾渴了。一邊他自家打自家的嘴巴，一邊就把他的被窩拿出來睡了。他在被窩裏翻來覆去，總睡不著，便立起了兩耳，聽起樓下的動靜來。他聽聽潑水的聲音也息了，浴室的門開了之後，他聽見她的腳步聲好像是走上樓來的樣子。用被包著了頭，他心裏的耳朵明明告訴他說：「她已經立在門外了。」他覺得全身的血液都在往上奔注的樣子。心裏怕得非常，羞得非常，也喜歡得非常。然而若有人問他，他無論如何，總不肯承認說，這時候他是喜歡的。

他屏住了氣息，尖著了兩耳聽了一會，覺得門外並無動靜，又故意咳嗽了一聲，門外亦無聲響。他正在那裏疑惑的時候，忽聽見她的聲音，在樓下同她的父親在那裏說話。他手裏捏了一把冷汗，拚命想聽出她的話來，然而無論如何總聽不清楚。停了一會，她的父親高聲的笑了起來。他把被蒙頭的一罩，咬緊了牙齒說：

「她告訴了他了！她告訴了他了！」

這一天的晚上，他一睡也不曾睡著。第二天的早晨，天亮的時候，他就驚心吊膽的走下樓來。洗了手面，刷了牙，趁主人和他的女兒還沒有起來之先，他就同逃也似的出了那個旅館，跑到外面來。官道上的沙塵，染了朝露，還未曾乾著。太陽已經起來了。他不問皂白，便一直的往東走去，遠遠有一個農夫，拖了一車野菜慢慢的走來。那農夫同他擦過的時候，忽然對他說：

「你早啊！」

他倒驚了一跳，那清瘦的臉上又起了一層紅潮，胸前又亂跳起來，他心裏想：

「難道這農夫也知道了麼？」

無頭無腦的跑了好久，他回轉頭來看看他的學校，已經遠得很了。太陽也升高了。他摸摸表看，那銀餅大的表也不在身邊。從太陽的角度看起來，大約已經是九點鐘前後的樣子。他雖然覺得饑餓得很，然而無論如何，總不願意再回到那旅館裏去，同主人和他的女兒相見。想去買些零食充一充饑，然而他摸摸自家的袋看，袋裏只剩了一角二分錢在那裏。他到一家鄉下的雜貨店內，盡那一角二分錢，買了些零碎的食物，想去尋一處無人看見的地方去吃去。走到了一處兩路交叉的十字路口，他朝南一望，只見與他的去路橫交的那一條自北趨南的路上，行人稀少得很。那一條路是向南斜低下去的，兩面更有高壁在那裏，他知道這路是從一條小山中開闢出來的。他剛才走來的那條大道，便是這山的嶺脊，十字路當作了中心，與嶺脊上的那條大道相交的橫路，是兩邊低斜下去的。在十字路口遲疑了一會，他就取了那一條向南斜下的路走去。走盡了兩面的高壁，他的去路就穿入大平原去，直通到彼岸的市內。平原的彼岸有一簇深林，划在碧空的心裏，他心裏想：

「這大約就是A神宮了。」

他走盡了兩面的高壁，向左手斜面上一望，見沿高壁的那山面上有一道女牆，圍住著幾間茅舍，茅舍的門上懸著了「香雪海」三字的一方匾額。他離開了正路，走上幾步，到那女牆的門前，順手的向門一推，那兩扇柴門竟自開了。他就隨隨便便的踏了進去。門內有一條曲徑，自門口通過了斜面，直達到山上去的。曲徑的兩旁，有許多蒼老的梅樹種在那裏，他知道這就是梅林了。順了那一條曲徑，往北的從斜面上走到山頂的時候，一片同圖畫似的平地，展開在他的眼前。這園自從山腳上起，跨有朝南的半山斜面，同頂上的一塊平地，佈置得非常幽雅。

山頂平地的西面是千仞的絕壁，與隔岸的絕壁相對峙，兩壁的中間，便是他剛走過的那一條自北趨南的通路。背臨著了那絕壁，有一間樓屋，幾間平屋造在那裏。因爲這幾間屋，門窗都閉在那裏，他所以知道這定是爲梅花開日賣酒食用的。樓屋的前面有一塊草地，草地中間有幾方白石，圍成了一個花園，圈子裏臥著一枝老梅。那草地的南盡頭，山頂的平地正要向南斜下去的地方，有一塊石碑立在那裏，係記這梅林的歷史的。他在碑前的草地上坐下之後，就把買來的零食拿出來吃了。

吃了之後，他兀兀的在草地上坐了一會。四面並無人聲，遠遠的樹枝上時有一聲兩聲的鳥鳴聲飛來。他仰起頭來看看澄清的碧空，同那皎潔的日輪，覺得四面的樹枝房屋，小草飛禽，都一樣的在和平的太陽光裏受大自然的化育。他那昨天晚上的犯罪的記憶，正同遠海的帆影一般，不知消失到那裏去了。

這梅林的平地上和斜面上，又來又去的曲徑很多。他站起來走來走去的走了一會，方曉得斜面上梅樹的中間，更有一間平屋造在那裏。從這一間房屋往東的走去幾步，有眼古井，埋在松葉堆中。他搖搖井上的唧筒看，呷呷的響了幾聲，卻抽不起水來。他心裏想：

「這園大約只有梅花開的時候開放一下，平時總沒有人住的。」

想到這裡，他又自言自語的說：

「既然空在這裏，我何妨去向園主人去借住借住。」

想定了主意，他就跑下山來，打算去尋園主人去。

他將走到門口的時候，卻好遇見了一個五十來歲的農夫走進園來。他對那農夫道歉之後，就問他說：「這園是誰的，你可知道麼？」

「這園是我經管的。」

「你住在什麼地方的？」

「我住在路的那面的。」

一邊這樣的說，一邊那農民指著道路西邊的一間小屋給他看。他向西一看，果然在西邊的高壁盡頭的地方，有一間小屋在那裏。他點了點頭，又問說：

「你可以把園內的那間樓屋租給我住住麼？」

「可是可以的，你只一個人麼？」

「我只一個人。」

「那你可不必搬來的。」

「這是什麼緣故呢？」

「你們學校裏的學生，已經有幾次搬來過了，大約都因爲冷靜不過，住不上十天就搬走的。」

「我可同別人不同，你但能租給我，我是不怕冷靜的。」

「這樣豈有不租的道理，你想什麼時候搬來？」

「就是今天午後罷。」

「可以的，可以的。」

「請你就替我掃一掃乾淨，免得搬來之後著忙。」

「可以可以。再會！」

「再會！」

六

搬進了山上梅園之後，他的憂鬱症（hypochondria）又變起形狀來了。他同他的北京的長兄，爲了一些兒細事，竟生起齟齬來。他發了一封長長的信，寄到北京，同他的長兄絕了交。

那一封信發出之後，他呆呆的在樓前草地上想了許多時候。他自家想想看，他便是世界上最不幸的人了。其實這一次的決裂，是發始於他的。同室操戈，事更甚於他姓之相爭，自此之後，他恨他的長兄竟同蛇蠍一樣。他被他人欺侮的時候，每把他長兄拿出來作比：

「自家的弟兄尚且如此，何況他人呢！」

他每達到這一個結論的時候，必盡把他長兄待他苛刻的事情，細細回想出來。把各種過去的事跡列舉出來之後，就把他長兄判決是一個惡人，他自家是一個善人。他又把自家的好處列舉出來，把他所受的苦處誇大的細數起來。他證明得自家是一個世界上最苦的人的時候，他的眼淚就同瀑布似的流下來。他在那裏哭的時候，空中好像有一種柔和的聲音在對他說：

「啊呀，哭的是你麼？那真是冤屈了你了。像你這樣的善人，受世人的那樣的虐待，這可真是冤屈了你了。罷了罷了，這也是天命，你別再哭了，怕傷害了你的身體！」

他心裏一聽到這一種聲音，就舒暢起來。他覺得悲苦的中間，也有無窮的甘味在那裏。

他因為想復他長兄的仇，所以就把所學的醫科丟棄了，改入文科裏去。他的意思，以為醫科是他長兄要他改的，仍舊改回文科，就是對他長兄宣戰的一種明示。並且他由醫科改入文科，在高等學校須遲卒業一年。他心裏想，遲卒業一年，就是早死一歲，你若因此遲了一年，就到死可以對你長兄含一種敵意。因為他恐怕一二年之後，他們兄弟兩人的感情，仍舊和好起來；所以這一次的轉科，便是幫他永久敵視他長兄的一個手段。

氣候漸漸兒的寒冷起來，他搬上山來之後，已經有一個月了。幾日來天氣陰鬱，灰色的層雲，天天掛在空中。寒冷的北風吹來的時候，梅林的樹葉已將凋落起來。

初搬來的時候，他賣了些舊書，買了許多炊飯的器具，自家燒了一個月飯，因為天冷了，他也懶得燒了。他每天的伙食，就一切包給了山腳下的園丁家包辦，所以他近來只同退院的閒僧一樣，除了怨人罵己之外，更沒有別的事了。

有一天早晨，他侵早的起來。把朝東的窗門開了之後，他看見前面的地平線上有幾縷紅雲，在那裏浮蕩。東天半角，反照出一種銀紅的灰色。因爲昨天下了一天微雨，所以他看了這清新的旭日，比平日更添了幾分歡喜。他走到山的斜面上，從那古井裏汲了水，洗了手面之後，覺得滿身的氣力，一霎時都回復了轉來的樣子。他便跑上樓去，拿了一本黃仲則⑰的詩集下來，一邊高聲朗讀，一邊盡在那梅林的曲徑裏，跑來跑去的跑圈子。不多一會，太陽起來了。

從他住的山頂向南方看去，眼下看得出一大平原。平原裏的稻田都尚未收割起。金黃的穀色，以紺碧的天空作了背景，反映著一天太陽的晨光，那風景正同看密來（Millet）⑱的田園清畫一般。他覺得自家好像已經變了幾千年前的原始基督教徒的樣子，對了這自然的默示，他不覺笑起自家的氣量狹小起來。

「饒赦了！饒赦了！你們世人得罪於我的地方，我都饒赦了你們罷！來，你們來，都來同我講和罷！」

手裏拿著了那一本詩集，眼裏浮著了兩泓清淚，正對了那平原的秋色呆呆的立在那裏想這些事情的時候，他忽聽見他的近邊，有兩人在那裏低聲的說：

「今晚上你一定要來的哩！」

這分明是男子的聲音。

「我是非常想來的，但是恐怕……」

他聽了這嬌滴滴的女子的聲音之後，好像是被電氣貫穿了的樣子，覺得自家的血液循環都停止了。原來他的身邊有一叢長大的葦草生在那裏，他立在葦草的右面，那一對男女，大約是在葦草的左面，所以他們兩個還不曉得隔著葦草，有人站在那裏。那男人又說：

「你心真好，請你今晚來罷，我們到如今還沒在被窩裏××。」

「……」

他忽然聽見兩人的嘴唇，咂咂的好像在那裏吮吸的樣子。他正同偷了食的野狗一樣，就驚心吊膽的把身子屈倒去聽了。

「你去死罷，你去死罷，你怎麼會下流到這樣的地步！」

他心裏雖然如此的在那裏痛罵自己，然而他那一雙尖著的耳朵卻一言半語也不願意遺漏，用了全副精神在那裏聽著。

地上的落葉索息索息的響了一下。

解衣帶的聲音。

男人嘶嘶的吐了幾口氣。

舌尖吮吸的聲音。

女人半輕半重，斷斷續續的說：

「你！……你！……你快……快××罷。……別……別……別被人……被人看見了。」

他的面色，一霎時的變了灰色了。他的眼睛同火也似的紅了起來。他的上顎骨同下顎骨呷呷的發起顫來。他再也站不住了。他想跑開去，但是他的兩隻腳，總不聽他的話。他苦悶了一場，聽聽兩人出去之後，就同落水的貓狗一樣，回到樓上房裏去，拿出被窩來睡了。

七

他飯也不吃，一直在被窩裏睡到午後四點鐘的時候才起來。那時候夕陽灑滿了遠近。平原的彼岸的樹林裏，有一帶蒼煙，悠悠揚揚的籠罩在那裏。他踉踉蹌蹌的走下了山，上了那一條自北趨南的大道，穿過了那平原，無頭無緒的盡是向南走去。走盡了平原，他已經到了A神宮前的電車停留處了。那時候恰好從南面有一乘電車到來，他不知不覺就跳了上去，既不知道他究章爲什麼要乘電車，也不知道這電車是往什麼地方去的。

走了十五六分鐘，電車停了，開車的教他換車，他就換了一乘車。走了二三十分鐘，電車又停了，他聽見說是終點了，他就走了下來。他的前面就是築港了。

前面一片汪洋的大海，橫在午後的太陽光裏，在那裏微笑。超海而南有一條青山，隱隱的浮在透明的空氣裏。西邊是一脈長堤，直馳到海灣的心裏去。堤外有一處燈台，同巨人似的立在那裏。幾艘空船和幾隻舢板，輕輕的在繫著的地方浮蕩。海中近岸的地方，有許多浮標，飽受了斜陽，紅紅的浮在那裏。遠處風來，帶著幾句單調的話聲，既聽不清楚是什麼話，也不知道是從那裏來的。

他在岸邊上走來走去走了一會，忽聽見那一邊傳過了一陣擊磬的聲來。他跑過去一看，原來是爲喚渡船而發的。他立了一會，看有一隻小火輪從對岸過來了。跟著了一個四五十歲的工人，他也進了那隻小火輪去坐下了。

渡到東岸之後，上前走了幾步，他看見靠岸有一家大莊子在那裏。大門開得很大，庭內的假山花草，佈置得楚楚可愛。他不問是非，就踱了進去。走不上幾步，他忽聽得前面家中有女人的嬌聲叫他說：「請進來呀！」

他不覺驚了一頭，就呆呆的站住了。他心裏想：

「這大約就是賣酒食的人家，但是我聽見說，這樣的地方，總有妓女在那裏的。」

一想到這裏，他的精神就抖擻起來，好像是一桶冷水澆上身來的樣子。他的面色立時變了。要想進去又不能進去，要想出來又不得出來；可憐他那同兔兒似的小膽，同猿猴似的淫心，竟把他陷到一個大大的難境裏去了。

「進來呀！請進來呀！」裏面又嬌滴滴的叫了起來，帶著笑聲。

「可惡東西，你們竟敢欺我膽小麼？」

這樣的怒了一下，他的面色更同火也似的燒了起來。咬緊了牙齒，把腳在地上輕輕的蹬了一蹬，他就捏了兩個拳頭向前進去，好像是對了那幾個年輕的侍女宣戰的樣子。但是他那青一陣紅一陣的面色，和他的面上微微兒在那裏震動的筋肉，他總隱藏不過。他走到那幾個侍女的面前的時候，幾乎要同小孩似的哭出來了。

「請上來！」

「請上來！」

他硬了頭皮，跟了一個十七八歲的侍女走上樓去，那時候他的精神已經有些鎮靜下來了。走了幾步，經過一條暗暗的夾道的時候，一陣惱人的花粉香氣，同日本女人特有的一種肉的香味，和頭髮上的香油氣息合作了一處，撲上他的鼻孔裡來。他立刻覺得頭暈起來，眼睛裏看見了幾顆火星，向後面跌也似的退了一步。他再定睛一看，只見他的前面黑暗暗的中間，有一長圓形的女人的粉面，堆著了微笑在那裏問他說：

「你！你還是上靠海的地方去呢，還是怎樣？」

他覺得女人口裏吐出來的氣息，也熱和和的噴上他的面來。他不知不覺把這氣息深深的吸了一口。他的意識感覺到他這行爲的時候，他的面色又立刻紅了起來。他不得已只能含含糊糊的答應她說：「上靠海的房間裏去。」

進了一間靠海的小房間，那侍女便問他要什麼菜。他就回答說：

「隨便拿幾樣來吧。」

「酒要不要？」

「要的。」

那侍女出去之後，他就站起來推開了紙窗，從外邊放了一陣空氣進來。因爲房裏的空氣沉濁得很，他剛才在夾道中聞過的那一陣女人的香味，還剩在那裏，他實在是被這一陣氣味壓迫不過了。

一灣大海，靜靜的浮在他的面前。外邊好像是起了微風的樣子，一片一片的海浪，受了陽光的返照，同金魚的魚鱗似的在那裏微動。他立在窗前看了一會，低聲的吟了一句詩出來：

「夕陽紅上海邊樓。」

他向西的一望，見太陽離西南的地平線只有一丈多高了。呆呆的看了一會，他的心思怎麼也離不開剛才的那個侍女。她的口裏的頭上的面上的和身體上的那一種香味，怎麼也不容他的心思去想別的東西。他才知道他想吟詩的心是假的，想女人的肉體的心是真的了。

停了一會，那侍女把酒菜搬了進來，跪坐在他的面前，親親熱熱的替他上酒。他心裏想仔仔細細的看她一眼，把他的心裏的苦悶都告訴了她，然而他的眼睛怎麼也不敢平視她一眼，他的舌根怎麼也不能搖動一搖動。他不過同啞子一樣，偷看著她那擱在膝上的一雙纖嫩的白手，同衣縫裏露出來的一條粉紅的圍裙角。

原來日本的婦人都不穿褲子，身上貼肉只圍著一條短短的圍裙。外邊就是一件長袖的衣服，衣服上也沒有鈕扣，腰裏只縛著一條一尺多寬的帶子，後面結著一個方結。她們走路的時候，前面的衣服每一步一步的掀開來，所以紅色的圍裙同肥白的腿肉，每能偷看。這是日本女子特別的美處，他在路上遇見女子的時候，注意的就是這些地方。他切齒的痛罵自己，畜生！狗賊！卑怯的人！也便是這個時候。

他看了那侍女的圍裙角，心頭便亂跳起來。愈想同她說話，他覺得愈講不出話來。大約那侍女是看得不耐煩起來了，便輕輕的問他說：

「你府上是什麼地方？」

一聽了這一句話，他那清瘦蒼白的面上，又起了一層紅色；含含糊糊的回答了一聲，他吶吶的總說不出話來。可憐他又站在斷頭臺上了。

原來日本人輕視中國人，同我們輕視豬狗一樣。日本人都叫中國人作「支那人」，這「支那人」三字，在日本，比我們罵人的「賤賊」還更難聽，如今在一個如花的少女前頭，他不得不自認說「我是支那人」了。

「中國呀中國，你怎麼不強大起來！」他全身發起抖來，他的眼淚又快滾下來了。

那侍女看他發顫發得厲害，就想讓他一個人在那裏喝酒，好教他把精神安靜安靜，所以對他說：「酒就快沒有了，我再去拿一瓶來吧。」

停了一會，他聽得那侍女的腳步聲又走上樓來。他以爲她是上他這裏來的，所以就把衣服整了一整，姿勢改了一改。但是他被她欺騙了。她原來是領了兩三個另外的客人，上間壁的那一間房間裏去的。那兩三個客人都在那裏對那侍女取笑，那侍女也嬌滴滴的說：

「別胡鬧了，間壁還有客人在那裏。」

他聽了就立刻發起怒來。他心裏罵他們說：

「狗才！俗物！你們都敢來欺侮我麼？復仇復仇，我總要復你們的仇。世間哪裡有真心的女子！那侍女的負心東西，你竟敢把我丟了麼？罷了罷了，我再也不愛女人了，我再也不愛女人了。我就愛我的祖國，我就把我的祖國當作了情人吧。」

他馬上就想跑回去發憤用功。但是他的心裏，卻很羨慕那間壁的幾個俗物。他的心裏，還有一處地方在那裏盼望那個侍女再回到他這裏來。

他按住了怒，默默的喝乾了幾杯酒，覺得身上熱起來。打開了窗門，他看太陽就快要下山去了。又連飲了幾杯，他覺得他面前的海景都朦朧起來。西面堤外的燈台的黑影，長大了許多。一層茫茫的薄霧，把海天融混作了一處。在這一層渾沌不明的薄紗影裏，西方的將落不落的太陽，好像在那裏惜別的樣子。他看了一會，不知道是什麼緣故，只覺得好笑。呵呵的笑了一回，他用手擦擦自家那火熱的雙頰，便自言自語的說：

「醉了醉了！」

那侍女果然進來了。見他紅了臉，立在窗口在那裏痴笑，便問他說：

「窗開了這樣大，你不冷的麼？」

「不冷不冷，這樣好的落照，誰捨得不看呢？」

「你真是一個詩人呀！酒拿來了。」

「詩人！我本來是一個詩人。你去把紙筆拿了來，我馬上寫一首詩給你看看。」

那侍女出去了之後，他自家覺得奇怪起來。他心裏想：

「我怎麼會變了這樣大膽的？」

痛飲了幾杯新拿來的熱酒，他更覺得快活起來，又禁不得呵呵的笑了一陣。他聽見間壁房間裏的那幾個俗物，高聲的唱起日本歌來，他也放大了嗓子唱著說：

「醉拍欄杆酒意寒，江湖寥落又冬殘。劇憐鸚鵡中州骨，未拜長沙太傅官。一飯千金圖報易，五噫幾輩出關難。茫茫煙水回頭望，也爲神州淚暗彈。」

高聲的念了幾遍，他就在席上醉倒了。

八

一醉醒來，他看見自家睡在一條紅綢的被裏，被上有一種奇怪的香氣。這一間房間也不很大，但已不是白天的那一間房間了。房中掛著一盞十燭光的電燈，枕頭邊上擺著了一壺茶，兩只杯子。他倒了二三杯茶，喝了之後，就踉踉蹌蹌的走到房外去。他開了門，卻好白天的那侍女也跑過來了。她問他說：

「你！你醒了麼？」

他點了一點頭，笑微微的回答說：

「醒了。便所是在什麼地方的？」

「我領你去罷。」

他就跟了她去。他走過日間的那條夾道的時候，電燈點得明亮得很。遠近有許多歌唱的聲音，三弦的聲音，大笑的聲音，傳到他的耳朵裏來。白天的情節，他都想了出來。一想到酒醉之後，他對那侍女說的那些話的時候，他覺得面上又發起燒來。

從廁所回到房裏之後，他問那侍女說：

「這被是你的麼？」

侍女笑著說：

「是的。」

「現在是什麼時候了？」

「大約是八點四五十分的樣子。」

「你去開了賬來罷！」

「是。」

他付清了賬，又拿了一張紙幣給那侍女，他的手不覺微顫起來。那侍女說：

「我是不要的。」

他知道她是嫌少了。他的面色又漲紅了，袋裏摸來摸去，只有一張紙幣了，他就拿了出來給她說：「你別嫌少了，請你收了吧。」

他的手震動得更加厲害，他的話聲也顫動起來了。那侍女對他看了一眼，就低聲的說：

「謝謝！」

他一直的跑下了樓，套上了皮鞋，就走到外面來。

外面冷得非常，這一天，大約是舊曆的初八九的樣子。半輪寒月，高掛在天空的左半邊。淡青的圓形天蓋裏，也有幾點疏星，散在那裏。

他在海邊上走了一會，看看遠岸的漁燈，同鬼火似的在那裏招引他。細浪中間，映著了銀色的月光，好像是山鬼的眼波，在那裏開閉的樣子。不知是什麼道理，他忽想跳入海裏去死了。

他摸摸身邊看，乘電車的錢也沒有了。想想白天的事情看，他又不得不痛罵自己。

「我怎麼會走上那樣的地方去的？我已經變了一個最下等的人了。悔也無及，悔也無及。我就在這裏死了吧。我所求的愛情，大約是求不到的了。沒有愛情的生涯，豈不同死灰一樣麼？唉，這乾燥的生涯，這乾燥的生涯，世上的人又都在那裏仇視我，欺侮我，連我自家的親弟兄，自家的手足，都在那裏排擠我出去到這世界外去。我將何以爲生，我又何必生存在這多苦的世界裏呢！」

想到這裏，他的眼淚就連連續續的滴下來。他那灰白的面色，竟同死人沒有分別了。他也不舉起手來揩揩眼淚，月光射到他的面上，兩條淚線倒變了葉上的朝露一樣放起光來。他回轉頭來，看看他自家的又瘦又長的影子，就覺得心痛起來。

「可憐你這清影，跟了我二十一年，如今這大海就是你的葬身地了，我的身子，雖然被人家欺辱，我可不該累你也瘦弱到這步田地的。影子呀影子，你饒了我罷！」

他向西面一看，那燈台的光，一霎變了紅一霎變了綠的，在那裏盡它的本職。那綠的光射到海面上的時候，海面就現出一條淡青的路來。再向西天一看，他只見西方青蒼蒼的天底下，有一顆明星，在那裏搖動。

「那一顆搖搖不定的明星的底下，就是我的故國。也就是我的生地。我在那一顆星的底下，也曾送過十八個秋冬，我的鄉土呀，我如今再也不能見你的面了。」

他一邊走著，一邊盡在那裏自傷自悼的想這些傷心的哀話。

走了一會，再向那西方的明星看了一眼，他的眼淚便同驟雨似的落下來。

注釋

①本篇最初載於一九二一年十月十五日上海泰東書局出版的小說集《沉淪》。

②華茲華斯（1770-1850），英國詩人。

③英文：「啊，你這平靜的輕紗！你這優美的輕紗！」

④即華茲華斯。
⑤英文，札拉圖斯特拉。尼采著作《札拉圖斯特拉如是說》中的主人公，相傳為古代波斯的國教祆教的始祖。
⑥英文，妄想症。
⑦英文，抑鬱症。
⑧英文，「你這個懦夫，你太怯懦！」
⑨英文，「啊，怯懦，怯懦！」
⑩伊甸園，《聖經》故事中亞當和夏娃最初生活的地方。「伊扶」即夏娃，上帝創造的第一個女人。
⑪英文，浪漫時代的夢幻。
⑫英文，「傷感，太傷感了！」
⑬英文，田園詩般的徘徊。
⑭英文，夫人。
⑮果戈里。
⑯吉辛（1857-1903），英國小說家。
⑰黃仲則，清代詩人。
⑱通譯米勒，十九世紀法國畫家。

南遷①

一　南方

你若把日本的地圖展開來一看，東京灣的東南，能看得見一條葫蘆形的半島，浮在浩渺無邊的太平洋裏，這便是有名的安房半島！安房半島，雖然沒有地中海內的長靴島的風光明媚，然而成層的海浪，蔚藍的天色，柔和的空氣，平軟的低巒，海岸的漁網，和村落的居民，也很具有南歐海岸的性質，能使旅客忘記他是身在異鄉。若用英文來說，便是一個Hospitable,inviting dreamland of the romantic age（中世浪漫時代的，鄉風純樸，山水秀麗的夢境）了。

東南的斜面沿著了太平洋，從銚子到大原，成一半月彎，正可當作葫蘆的下面的狹處看。銚子是葫蘆下層的最大的圓周上的一點，大原是葫蘆的第二層膨脹處的圓周上的一點。葫蘆的頂點一直的向西曲了，就成了一個大半島裏邊的小半島，地名西岬村。西岬村的頂點便是洲崎，朝西的橫界在太平洋和東京灣的中間，洲崎以東是太平洋，洲崎以北是東京灣。洲崎遙遙與伊豆半島，相摸灣相對；安房半島的住民每以它爲界線，稱洲崎以東沿著太平洋一帶爲外房，洲崎以北沿著東京灣的一帶爲內房。原來半島的住民通稱半島爲房州，所以內房外房，便是內房州外房州的縮寫。房州半島的葫蘆形的底面，連著東京，所以現在火車，從東京兩國橋驛出發，內房能直達到館山，外房能達到勝浦。

二　出京

一千九百二十年的春天，二月初旬的有一天的午後，東京上野精養軒的樓上朝公園的小客室裏，有兩個異鄉人在那裏吃茶果。一個是五十歲上下的西洋人，頭頂已有一塊禿了。皮膚帶著淺黃的黑色，高高的鷹嘴鼻的左右，深深窪在肉裏的兩隻眼睛，放出一種鈍韌的光來。瞳神的黃黑色，大約就是他的血統的證明，他那五尺五寸的肉體中間，或者也許有姊泊西（Gypsy）的血液混在裏頭，或者也許有東方人的血液混在裏頭的，但是生他的母親，可確是一位愛爾蘭的美婦人。他穿的是一套半舊的灰黑色的嗶嘰的洋服，帶著一條圓領，圓領底下就連接著一件黑的小緊身，大約是代Waist-Coat（腰褂）的。一個是二十四五歲的青年，身體也有五尺五寸多高，我們一見就能知道他是中國人，因為他那清瘦的面貌和纖長的身體，是在日本人中間尋不出來的。他穿著一套藤青色的嗶嘰的大學制服，頭髮約有一寸多深，因為蓬蓬直立在他那短短的臉面的上頭，所以反映出一層憂鬱的形容在他面上。他和那西洋人對坐在一張小小的桌上，他的左手，和那西洋人的右手是靠著朝公園的玻璃窗的。他們講的是英國話，聲氣很幽，有一種梅蘭刻烈（Melancholy）的餘韻，與窗外的午後的陽光，和頭上的萬里的春空，卻成了一個有趣的對照。若把他們的話擇要翻譯出來，就是：

「你的臉色，近來更難看了；我勸你去轉換轉換空氣，到鄉下去靜養幾個禮拜。」西洋人。

「臉色不好麼？轉地療養，也是很好的，但是一則因為我懶得行動，二則一個人到鄉下去也寂寞得很，所以雖然寒冷得非常，我也不想到東京以外的地方去。」青年。

說到這裏，窗外吹過一陣夾沙夾石的風來，玻璃窗振動了一下，響了一下，風就過去了。

「房州你去過沒有？」西洋人。

「我沒有去過。」青年。

「那一個地方才好呢！是突出在太平洋裏的一個半島，受了太平洋的暖流，外房的空氣是非常和暖的，同東京大約要差十度的溫度，這個時候，你若到太平洋岸去一看，怕還有些女人，赤裸裸的跳在海裏捉魚呢！一帶山村水郭，風景又是很好的，你不是很喜歡我們英國的田園風景的麼？你上房州去就對了。」

「你去過了麼？」

「我是常去的，我有一個女朋友住在房州，她也是英國人，她的男人死了，只一個人住在海邊上。她的房子寬大得很，造在沙岸樹林的中間；她又是一個熱心的基督教徒，你若要去，我可以替你介紹的，她非常歡喜中國人，因爲她和她的男人從前也在中國做過醫生的。」

「那麼就請你介紹介紹，出去旅行一次，或者我的生活的行程，能改變得過來也未可知。」

另外還有許多閒話，也不必去提及。

到了四點的時候，窗外的鐘聲響了。青年按了電鈴，叫侍者進來，拿了一張五元的紙幣給他。

青年站起來要走的時候，看看那西洋人還兀的不動，青年便催說：「我們去罷！」

那西洋人便張圓了眼睛問他說：「找頭呢？」

「多的也沒有幾個錢，就給了他們茶房罷了。」

「茶房總不至要五塊錢的。你把找頭拿來捐在教會的傳道捐裏多好啊！」

「罷了，罷了，多的也不過一塊多錢。」

那西洋人還不肯走，青年就一個人走出房門來，西洋人一邊還在那裏輕輕的絮說，看見青年走了，也只能跟了走出房門，下樓，上大門口去。在大門口取了外套，帽子，走出門外的時候，殘冬的日影，已經落在西天的地平線上，滿城的房屋，都沉在薄暮的光線裏了。

夜陰一刻一刻的張起她的翼膀來，那西洋人和青年在公園的大佛前面，緩步了一忽，遠近的人家都點上電燈了。從上野公園的高臺上向四面望去，只見同紗囊裏的螢火蟲一樣，高下人家的燈火，在那晚煙裏放異彩。遠遠的風來，帶著市井的嘈雜的聲音。電車的車輪聲傳近他們兩人耳邊的時候，他們才知道現在是回家去的時刻了。急急地走了一下，他們已經走到了公園前的大街上的電車停車處，卻好向西的有一乘電車到來，他們兩人就用了死力擠了上去，因爲這是工場休工的時候，勞動者大家都要乘了電車，回到他們的小小的住屋裏去，所以車上人擠得不堪。

青年被擠在電車的後面，幾乎吐氣都吐不出來。電車開車的時候，上野的報時的鐘聲又響了。聽了這如怨如訴的薄暮的鐘聲，他的心思又忽然消沉起來：

「這些可憐的有血肉的機械，他們家裏或許也有妻子的。他們的衣不暖食不飽的小孩子有什麼罪惡，一生出地上，就不得不同他們的父母，受這世界上的磨折！或者在豬圈似的貧民窟的門口，有同餓鬼似的小孩兒，在那裏等候他們的父親回來。這些同餓犬似的小孩兒，長到八九歲的時候，就不得不去作小機械去。漸漸長大了，成了一個工人，他們又不得不同他們的父祖曾祖一樣，將自家的血液，去補充鐵木的機械的不足去。吃盡了千辛萬苦，從幼到長，從生到死，他們的生活沒有半點變更。唉，這人生究竟有什麼趣味，勞動者嚇勞動者，你們何苦要生存在世上？這多是有權勢的人的壞處，可惡的這有權勢的人，可惡的這有權勢的階級，總要使他們斬草除根的消滅盡了才好。」

他想到這裏，就自家嘲笑起自家來：

「呵呵，你也被日本人的社會主義感染了。你要救日本的勞動者，你何不先去救救你自家的同胞呢？在軍人和官僚的政治的底下，你的同胞所受的苦楚，難道比日本的勞動者更輕麼？日本的勞動者，雖然沒有財產，然而他們的生命總是安全的。你的同胞，鄉下的農夫，若因納捐輸粟的事情，有一點違背，就不得不被軍人來虐殺了，從前做大盜，現在做軍官的人，進京出京的時候，若說鄉下人不知道，在他們的專車停著的地方走過，就不得不被長槍短刀來斫死了。大盜的軍閥的什麼武裝自動車，在街上衝死了百姓，還說百姓不好，對了死人的家庭，還要他們賠罪罰錢。你同胞的妻女，若有美的，就不得不被軍人來姦辱了。日本的勞動者到了日暮回家的時候，也許有他的妻女來安慰他的，那時候他的一天的苦楚，便能忘在腦後，但是你的同胞如何？不問是不是你的結髮妻小，若那些軍長師長委員長縣長等類要她去作一房第八九的小妾，你能拒絕麼？有訴訟事件的時候，你若送裁判官的錢，送了比你的對手者少一點，或是在上級衙門裏沒有一個親戚朋友，雖然受了冤屈，你難道能分訴得明白麼？……」

想到這裏的時候，青年的眼睛裏就酸軟起來。他若不是被擠在這一群勞動者的中間，怕他的感情就要發起作用來，卻好車到了本鄉三丁目，他就推推讓讓的跟了幾個勞動者下了電車。立在電車外邊的日暮的大道上，尋來尋去的尋了一會，他才看見那西洋人的禿頭，背朝著了他，坐在電車中間的椅上。他走到電車的中央的地方，墊起了腳，從外面向電車的玻璃窗推了幾下，那禿頭的西洋人才回轉頭來，看見他立在車外的涼風裏，那西洋人就從電車裏面放下車窗來說：

「你到了麼？今天可是對你不起。多謝多謝。身體要保養些。我……」

「再會再會，我已經到了。介紹信請你不要忘記了……」

話沒有說完，電車已經開了。

三　浮萍

二月廿三日的午後二點半鐘，房州半島的北條火車站上的第四次自東京來的火車到了。這小小的鄉下的火車站上，忽然熱鬧了一陣。客人也不多，七零八落的幾個乘客，在收票的地方出去之後，火車站上仍復冷清起來。火車站的前面停著一乘合乘的馬車，接了幾個下車的客人，留了幾聲哀寂的喇叭聲在午後的澄明的空氣裏，促起了一陣灰土，就在泥塵的鄉下的天然的大路上，朝著了太陽向西的開出去了。

留在火車站上呆呆的站著的只剩了一位清瘦的青年，便是三禮拜前和一個西洋宣教師在東京上野精養軒吃茶果的那一位大學生。他是伊尹的後裔，你們若把東京帝國大學的一覽翻出來一看，在文科大學的學生名錄裏，頭一個就能見他的名姓籍貫：

伊人，中華留學生，大正八年入學。

伊人自從十八歲到日本之後一直到去年夏天止，從沒有回國去過。他的家庭裏只有他的祖母是愛他的。伊人的母親，因爲他的父親死得太早，所以竟變成了一個半男半女的性格，他自小的時候她就不知愛他，所以他漸漸的變成了一個厭世憂鬱的人。到了日本之後，他的性格竟愈趨愈怪了，一年四季，絕不與人往來，只一個人默默的坐在寓室裏沉思默想。他所讀的都是那些在人生的戰場上戰敗了的人的書，所以他所最敬愛的就是略名B.V.的James Thomson, H.Heine, Leopa Leopardidi, Ernst Dowson②那些人。他下了火車，向行李房去取來的一隻帆布包，裏邊藏著的，大約也就是這幾位先生的詩文集和傳記等類。他因爲去年夏天被一個日本婦人欺騙了一場，所以精神身體，都變得同落水雞一樣。晚上夢醒的時候，身上每發冷汗，食欲不進，近來竟有一天不吃什麼東西的時候。因爲怕同去年那一個婦人遇見，他連午膳夜膳後的散步也不去了。他身體一天一天的瘦弱下去，他的面貌也一天一天的變起顏色來了。到房州的路程是在平坦的田疇中間，鬬了一條小小的鐵路，鐵路的兩旁，不是一邊海一邊山，便是一邊枯樹一邊荒地。在紅塵軟舞的東京，失望傷心到極點的神經過敏的青年，一吸了這一處的田園空氣，就能生出一種快感來，伊人到房州的最初的感覺，自然是覺得輕快得非常。伊人下車之後看了四邊的松樹和叢林，有幾縷薄雲飛著的青天，寬廣的空地裏浮蕩著的陽光和車站前面的店裏清清冷冷坐在賬桌前的幾個純樸的商人，就覺得是自家已經到了十八世紀的鄉下的樣子。亞力山大·斯密司著的《村落的文章》裏的Dreamthorp③好像是被移到了這東海的小島上的東南角上來了。

伊人取了行李，問了一聲說：

「這裏有一位西洋的婦人，你們知道不知道的？」

行李房裏的人都說：

「是C夫人麼？這近邊誰都知道她的，你但對車夫講她的名字就對了。」

伊人抱了他的一個帆布包坐在人力車上，在枯樹的影裏，搖搖不定的走上C夫人的家裏去的時候，他心裏又生了一種疑惑：

「C夫人不曉得究竟是怎樣的一個人，她不知道是不是同E某一樣，也是非常節省鄙吝的。」可憐他自小就受了社會的虐待，到了今日，還不敢信這塵世裏有一個善人。所以他與人相遇的時候，總不忘記警戒，因爲他被世人欺得太甚了。在一條有田園野趣的村路上彎彎曲曲的跑了三十分鐘，樹林裏露出了一個木造的西洋館的屋頂來。車夫指著了那一角屋頂說：

「這就是C夫人的住屋！」

車到了這洋房的近邊，伊人看見有一圈小小的灌木沿了那洋房的庭園，生在那裏，上面剪得雖然不齊，但是這一道灌木的圍牆，比鐵柵瓦牆究竟風雅，他小的時候在洋畫裏看見過的那阿鳳河上的斯曲拉突的莎士比亞的古宅，又重新想了出來。開了那由幾根木棒做的一道玲瓏的小門進去，便是住宅的周圍的庭園，園中有幾處常青草，也變了顏色，躺在午後的微弱的太陽光裏。小門的右邊便是一眼古井，兩隻吊桶，一高一低的懸在井上的木架上。從門口一直向前沿了石砌的路進去，再進一道短小的竹籬，就是C夫人的住房，伊人因爲不便直接的到C夫人的住房裏，所以就吩咐車夫拿了一封E某的介紹書往廚房門去投去。廚房門須由石砌的正路叉往右去幾步，人若立在灌木圍住的門口，也可以看見這廚房門的。庭園中，井架上，紅色的木板的洋房壁上都灑滿了一層白色無力的午後的太陽光線，四邊空空寂寂，並無一個生物看見，只有幾隻半大的雌雄雞，呆呆的立在井旁，在那裏驚看伊人和他的車夫。

車夫在廚房門口叫了許久，不見有人出來。伊人立在庭園外的木柵門口，聽車夫的呼喚聲反響在寂靜的空氣裏，覺得聲大得很。約略等了五分鐘的樣子，伊人聽見背後忽然有腳步響，回轉頭來一看，看見一個五十來歲的日本老婦人，蓬著了頭紅著了臉走上伊人這邊來。她見了伊人便行了一個禮，並且說：「你是東京來的伊先生麼？我們東家天天在這裏盼望你來呢！請你等一等，我就去請東家出來。」

這樣的說了幾句，她就慢慢的挨過了伊人的身前，跑上廚房門口去了。在廚房門口站著的車夫把伊人帶來的介紹信交給了她，她就跑進去了。不多一忽，她就同一個五十五六的西洋婦人從竹籬那面出來，伊人搶上去與那西洋婦人握手之後，她就請伊人到她的住房內去，一邊卻吩咐那日本女人說：「把伊先生的行李搬上樓上的外邊的室裏去！」

她一邊與伊人說話，一邊在那裏預備紅茶。談了三十分鐘，紅茶也吃完了，伊人就到樓上的一間小房裏去整理行李去。把行李整理了一半，那日本婦人上樓來對伊人說：

「伊先生！現在是祈禱的時候了！請先生下來到祈禱室裏來罷。」

伊人下來到祈禱室裏，見有兩個日本的男學生和三個女學生已經先在那裏了。夫人替伊人介紹過之後對伊人說：「我們每天從午後三點到四點必聚在一處唱詩祈禱的。祈禱的時候就打那一個鐘作記號（**說著她就用手向簷下指了一指**）。今天因爲我到外面去了不在家，所以遲了兩個鐘頭，因此就沒有打鐘。」

伊人向四圍看了一眼，見第一個男學生頭髮長得很，同獅子一樣的披在額上，戴著一雙極近的鋼絲眼鏡，嘴唇上的一圈鬍鬚長得很黑，大約已經有二十六七歲的樣子。第二個男學生是一個二十歲前後的青年，也戴一雙平光的銀絲眼鏡，一張圓形的粗黑臉，嘴唇向上的。兩個人都是穿的日本的青花便服，所以一見就曉得他們是學生。女學生的方面伊人不便觀察，所以只對了一個坐在他對面的年紀十六七歲的人看了幾眼，依他的一瞬間的觀察看來，這一個十六七歲的女學生要算是最好的了，因爲三人都是平常的相貌，依理而論，卻夠不上水平線的。只有這一個女學生的長方面上有一雙笑靨，所以她笑的時候，卻有許多可愛的地方。讀了一節聖經，唱了兩首詩，祈禱了一回，會就散了。伊人問那兩個男學生說：「你們住在近邊麼？」

那長髮的近視眼的人，恭恭敬敬的搶著回答說：

「是的，我們就住在這後面的。」

那年輕的學生對伊人笑著說：

「你的日本話講得好得很，起初我們以爲你只能講英國話，不能講日本話的。」

C夫人接著說：

「伊先生的英國話卻比日本話講得好，但是他的日本話要比我的日本話好得多呢！」

伊人紅了臉說：

「C夫人！你未免過譽了。這幾位女朋友是住在什麼地方的？」

C夫人說：

「她們都住在前面的小屋裏，也是同你一樣來養病的。」

這樣的說著，C夫人又對那幾個女學生說：

「伊先生的學問是非常有根底的，禮拜天我們要請他說教給我們聽哩！」

再會再會的聲音，從各人的口中說了出來。來會的人都散去了。夜色已同死神一樣，不聲不響地把屋中的空間占領了。伊人別了C夫人仍回到他樓上的房裏來，在灰暗的日暮的光裏，整理了一下，電燈來了。六點四十分的時候，那日本婦人來請伊人吃夜飯去，吃了夜飯，談了三十分鐘，伊人就上樓去睡了。

四 親和力

第二天早晨，伊人被窗外的鳥雀聲喚醒，起來的時候，鮮紅的日光已射滿了沙岸上的樹林，他開了朝南的窗，看看四圍的空地叢林，都披了一層健全的陽光，橫躺在無窮的蒼空底下。他遠遠的看見北條車站上，有一乘機關車在那裏噴煙，機關車的後面，連接著幾輛客車貨車，他知道上東京去的第一次車快開了。太陽光被車煙在半空中遮住，他看見車煙帶著一層紅黑的灰色，車站的馬口鐵的屋頂上橫斜的映出一層黑影來。從車站起，兩條小小的軌道漸漸的闊大起來在他的眼下不遠的地方通過，他覺得磨光的鐵軌上，隱隱地反映著同藍色的天鵝絨一樣的天空。他看看四邊，覺得廣大的天空，遠近的人家，樹林，空地，鐵道，村路都飽受了日光，含著了生氣，好像在那裏微笑的樣子，他就深深地吸了一口清新的空氣，覺得自家的腸腑裏也有些生氣回轉起來，含了微笑，他輕輕的對自家說：

「春到人間了，啊，Fruehling ist gekommen！」④

呆呆的站了好久，他才拿了牙刷牙粉肥皂手巾走下樓來到廚下去洗面去。那紅眼的日本婦人見了他，就大聲地說：

「你昨天晚上睡得好不好？我們的東家出去傳道去了，九點半鐘的聖經班她是定能回來的。」

洗完了面，回到樓上坐了一忽，那日本婦人就送了一杯紅茶和兩塊麵包和白糖來。伊人吃完之後，看看C夫人還沒有回來，就跑出去散步去。從那一道木棒編成的小門裏出去，沿了昨天來的那條村路向東的走了幾步，他看見一家草舍的迴廊上，有兩個青年在那裏享太陽，發議論，他看看好像是昨天見過的兩個學生，所以就走了進去，兩個青年見他進來，就恭恭敬敬的拿出墊子來，叫他坐了。那近視長髮的青年，因爲太恭敬過度了，反要使人發起笑來。伊人坐定之後，那長髮的近視眼就含了微笑，對他呆了一呆，嘴唇動了幾動，伊人知道他想說話了，所以就對他說：

「你說今天的天氣好不好？」

「Es, es. beri gud. beri good. and how longu hab you been in Japan?」

（是，是，好得很，好得很，你住在日本多久了？）

那一位近視眼，突然說出了幾句日本式的英國話來。伊人看看他那忽尖忽圓的嘴唇的變化，聽聽他那舌根底下好像含一塊石子的發音，就想笑出來，但是因爲是初次見面，又不便放聲高笑，所以只得笑了一笑，回答他說：

「About eight years, quite a long time, isn't it?」

（差不多八年了，已經長得很呢，是不是？）

還有那一位二十歲前後的青年看了那近視眼說英文的樣子，就笑了起來，一邊卻直直爽爽的對他說：「不說了罷，你那不通的英文，還不如不說的好，哈哈……」

那近視眼聽了伊人的回話，又說：

「Do you undastand my Ingulish?」

（你懂得我講的英文麼？）

「Yes, of course I do, but……」

（那當然是懂的，但是……）

伊人還沒有說完，他又搶著說：

「Alright, alright, leto us speaku Ingulish beea after.」

（很好很好，以後我們就講英文罷。）

那年輕的青年說：

「伊先生，你別再和他歪纏了，我們向海邊上去走走罷。」

伊人就贊成了，那年輕的青年便從迴廊上跳了下來，同小丑一樣的故意把衣服整了一整，把身體向左右前後搖了一搖，對了那近視眼恭恭敬敬的行了一禮，說：

「Gudo-bye! Mista K.,⑤gudo-bye!」

伊人忍不住的笑了起來，那近視眼的K也說：

「Gudo-bye, Mista B., gudo-bye Mista Yi.」

走過了那草舍的院子，踏了松樹的長影，出去二三步就是沙灘了。清靜的海岸上並無人影，灑滿了和煦的陽光。海水反射著太陽光線，好像在那裏微笑的樣子。沙上有幾行行人的足跡，印在那裏。遠遠的向東望去，有幾處村落，有幾間漁舍浮在空中，一層透明清潔的空氣，包在那些樹林屋脊的上面。西邊灣裏有一處小市，浮在海上，市內的人家，錯錯落落的排列在那裏，人家的背後，有一帶小山，小山的背後，便是無窮的碧落。市外的灣口有幾艘帆船停泊著，那幾艘船的帆牆，卻能形容出一種港市的感覺來。年輕的B說：「那就是館山，你看灣外不是有兩個小島同青螺一樣的浮在那裏麼？一個是鷹島，一個是沖島。」

伊人向B所說的方向一看，在薄薄的海氣裏，果然有兩個小島浮在那裏，伊人看那小島的時候，忽然注意到小島的背景的天空裏去。他從地平線上一點一點的抬頭起來，看看天空，覺得藍蒼色的天體，好像要溶化了的樣子，他就不知不覺的說：

「唉，這碧海青天！」

B也仰起頭來看天，一邊對伊人說：

「伊先生！看了這青淡的天空，你們還以爲有一位上帝，在這天空裏坐著的麼？若說上帝在那裏坐著，怕在這樣晴朗的時候，要跌下地來呢！」

伊人回答說：「怎麼不跌下來？你不曾看過弗蘭斯著的《Trais》（泰衣斯）麼？那絕食斷欲的

聖者，就是為了泰衣斯的肉體的緣故，從天上跌下來的呀。」

「不錯不錯，那一位近視眼的神經病先生，也是很妙的。他說他要去進神學校去，每天到了半夜三更就放大了嗓子，叫起上帝來。

「主呀，唉，主呀，神呀，耶穌呀！」

「像這樣的亂叫起來，到了第二天，去問他昨夜怎麼了？他卻一聲也不響，把手搖幾搖，嘴歪幾歪。」再過一天去問他，他就說：

「昨天我是一天不言語的，因為這也是一種修行，一禮拜之內我有兩天是斷言的。不講話的，無論如何，在這兩天之內，總不開嘴的。」

「有的時候他赤足赤身的跑上雨天裏去立在那裏，我叫他，他默默地不應，到了晚上他卻咯咯的咳嗽起來，你看這樣寒冷的天氣，赤了身到雨天裏去，哪有不傷風的道理？到了這二天，我問他究竟為什麼要上雨天裏去，他說這也是一種修行。有一天晚上因為他叫『主呀！神呀！』叫得太厲害了，我在夢裏頭被他叫醒，在被裏聽聽，我也害怕起來，以為有強盜來了，所以我就起來，披了衣服，上他那一間房裏去看他，從房門的縫裏一瞧，我就不得不笑起來，你猜怎麼著，他老先生把衣服脫了精光，把頭頂倒在地下，兩隻腳靠了牆壁蹺在上面，閉了眼睛，作了一副苦悶難受的臉色，盡在那裏瞎叫：

「『主呀，神呀，天呀，上帝呀！』

「第二天我去問，他卻一句話也不答，我知道這又是他的斷絕言語的日子，所以就不去問他了。」

B形容近視眼K的時候，同戲院的小丑一樣，做腳做手的做得非常出神，伊人聽一句笑一陣，笑得不了。到後來伊人問B說：

「K何苦要這樣呢？」

「他說他因為要預備進神學校去，但是依我看來，他還是去進瘋狂病院的好。」

伊人又笑了起來。他們兩人的健全的笑聲，反響在寂靜的海岸的空氣裏，更覺得這一天的天氣的清新可愛了。他們兩個人的影子，和兩雙皮鞋的足跡在海邊的軟沙發上印來印去的走了一回，忽聽見晴空裏傳了一陣清朗的鐘聲過來，他們知道聖經班的時候到了，所以就走上C夫人的家裏去。

到C夫人家裏的時候，那近視眼的K和三個女學生已經圍住了C夫人坐在那裏了。K見了伊人和B來的時候，就跳起來放大了嗓子，用了英文叫著說：

「Hulleo, where hab you been?」

（喂！你們上哪兒去了？）

三個女學生和C夫人都笑了起來。昨天伊人注意觀察過的那個女學生的一排白白的牙齒，和她那面上的一雙笑靨，愈加使她可愛了。伊人一邊笑著，一邊在那裏偷看她。各人坐下來，伊人又占了昨天的那位置，和那女學生對面地坐著。唱了一首讚美詩，各人就輪讀起《聖經》來。輪到那女學生讀的時候，伊人便注意看她那小嘴，她臉上自然而然的起了一層紅潮。她讀完之後，伊人還呆呆的在那裏看她嘴上的曲線，她抬起頭來的時候，她的視線同伊人的視線沖混了。她立時漲紅了臉，把頭低了下去。伊人也覺得難堪，就把視線集注到他手裏的《聖經》上去。這些微妙的感情流露的地方，在座的人恐怕一個人也沒有知道。聖經班完了，各人都要散回家去，近視眼的K，又用了英文對伊人說：

「Mista Yi, leto us take a walk.」

（伊先生，我們去散步罷。）

伊人還沒有回答之先，他又對那坐在伊人對面的女學生說：

「Miss O, you Will join us, would'nt you?」

（O密司，你也同我們去罷。）

那女學生原來姓O，她聽了這話，就立時紅了臉，穿了鞋，跑回去了。

C夫人對伊人說：

「今天天氣好得很，你向海邊上去散散步也是很好的。」

K聽了這話，就叫起來說：

「Ee, es .alright alright!」

（不錯不錯，是的是的。）

伊人不好推卻，只得同K和B三人同向海邊上去。走了一回，伊人便說走乏了要回家來。K拉住了他說：

「Leto us pray!」

（讓我們來禱告罷。）

說著K就跪了下去，伊人被他驚了一跳，不得已也只能把雙膝曲了。B卻一動也不動地站在那裏看。K又叫了許多主呀神呀上帝呀。叫了一忽，站起來說：

「Gud-bye Gud-bye!」

（再會再會。）

一邊說，一邊就回轉身來大踏步的走開了。伊人摸不出頭緒來，一邊用手打著膝上的沙泥，一邊對B說：「是怎麼一回事，他難道發怒了麼？」

B說：「什麼發怒，這便是他的神經病呀！」

說著，B又學了K的樣子，跪下地去，上帝呀，主呀，神呀的叫了起來。伊人又禁不住的笑了。遠遠的忽有唱讚美詩的聲音傳到他們的耳邊上來。B說：

「你瞧什麼發怒不發怒，這就是他唱的讚美詩呀。」

伊人問B是不是基督教徒。B說：

「我並不是基督教徒，因為K定要我去聽《聖經》，所以我才去。其實我也想信一種宗教，因爲我的爲人太輕薄了，所以想得一種信仰，可以自重自重。」

伊人和他說了些宗教上的話，又各把自己的學籍說了。原來B是東京高等商業學校的學生，去年年底染了流行性感冒，到房州來是爲病後的保養來的。說到後來，伊人問他說：

「B君，我住在C夫人家裏，覺得不自由得很，你那裏的主人，還肯把空著的那一間房借給我麼？」

「肯的肯的，我回去就同主人去說去，你今天午後就搬過來罷。那一位C夫人是有名的吝嗇家，你若在她那裏住久了，怕要招怪呢！」

又在海邊走了一回，他們看看自家的影子漸漸兒的短起來了，快到十二點的時候，伊人就別了B，回到C夫人的家裏來。

吃午膳的時候。伊人對C夫人把要搬往後面的K、B同住去的話說了，C夫人也並不挽留，吃完了午膳，伊人就搬往後面的別室裏去了。

把行李書籍整頓了一整頓，看看時候已經不早了，伊人便一個人到海邊上去散步去。一片汪洋的碧海，竟平坦得同鏡面一樣。日光打斜了，光線射在松樹的梢上，作成了幾處陰影。午後的海岸，風景又同午前的不同。伊人靜悄悄的看了一回，覺得四邊的風景怎麼也形容不出來。他想把午前的風景比作患肺病的純潔的處女，午後的風景比作成熟期以後的嫁過人的豐肥的婦人。然而仔細一想，又覺得比得太俗了。他站著看一忽，又俯了頭走一忽，一條初春的海岸上，只有他一個人和他的清瘦的影子在那裏動著。他向西的朝著了太陽走了一回，看看自家已經走得遠了，就想回轉身來走回家去，低頭一看，忽看見他的腳底下的沙上有一條新印的女人的腳印印在那裏。他前前後後的打量了一回，知道這腳印的主人必在這近邊的樹林裏。並沒有什麼目的，他就跟了那一條腳步印朝南的走向岸上的松樹林裏去。

走不上三十步路，他看見樹影裏的枯草上有一條氈毯，幾本書和婦人雜誌等攤在那裏。因爲枯草長得很，所以他在海水的邊上竟看不出來，他知道這定是屬於那腳印的主人的，但是這腳印的主人不知上哪裡去了。呆呆的站了一忽，正想走轉來的時候，他忽見樹林裏來了一個婦人，他的好奇心又把他的腳縛住了，等那婦人走近來的時候，他不覺紅起臉來，胸前的跳躍怎麼也按不下去，所以他只能勉強把視線放低了，眼看了地面，他就回了那婦人一個禮，因爲那時候，她已經走到他的面前來了，她原來就是那姓O的女學生。他好像是自家的卑陋的心情已經被看破了的樣子，紅了臉對她賠罪說：

「對不起得很，我一個人闖到你的休息的地方來。」

「不……不要……」

看她也好像是沒有什麼懊惱的樣子，便大著膽問她說：

「你府上也是東京麼？」

「學校是在東京的上野……但是……家鄉是足利。」

「你同C夫人是一向認識的麼?」

「不是的……是到這裏來之後認識的。……」

「同K君呢?」

「那一個人……那一個是糊塗蟲!」

「今天早晨他邀你出來散步,是他對我的好意,實在唐突得很,你不要見怪了,我就在這裏替他賠一個罪罷。」

伊人對她行了一個禮,她倒反覺難以爲情起來,就對伊人說:

「說什麼話,我……我……又不在這裏怨他。」

「我也走得乏了,你可以讓我在你的氈毯上坐一坐麼?」

「請,請坐!」

伊人坐下之後,她盡在那裏站著,伊人就也站了起來說:

「我可失禮了,你站在那裏,我倒反而坐起來。」

「不是這樣的,不是這樣的,我因爲坐得太久,所以不願意再坐了。」

「這樣我們再去走一忽罷。」

「怕被人家看見了。」

「海邊上清靜得很,一個人也沒有。」

她好像是無可無不可的樣子。伊人就在前頭走了，她也慢慢的跟了來。太陽已經快斜到三十度的角度了，他和她沿了海邊向西的走去，背後拖著了兩個纖長的影子。東天的碧落裏，已經有幾片紅雲，在那裏報將晚的時刻，一片白白的月亮也出來了。默默地走了三五分鐘，伊人回轉頭來問她說：「你也是這病麼？」

一邊說著一邊就把自家的左手向左右肩的鎖骨穴指了一下，她笑了一笑便低下頭去，他覺得她的笑裏有無限的悲涼的情意含在那裏。默默的又走了幾步，他覺得被沉默壓迫不過了，又對她說：

「我並沒有什麼症候，但是晚上每有虛汗出來，身體一天一天地清瘦下去，一禮拜前，我上大學病院去求診的時候，醫生教我休學一年，回家去靜養，但是我想以後只有一年三個月了，怎麼也不願意再遲一年，所以今年暑假前我還想回東京去考試呢！」

「若能注意一點，大約總沒有什麼妨礙的。」

「我也是這麼的想，畢業之後，還想上南歐去養病去呢！」

「羅馬的古墟原是好的，但是由我們病人看來，還是愛衣奧寧海岸的小島好呀！」

「你學的是不是聲樂？」

「不是的，我學的是鋼琴，但是聲樂也學的。」

「那麼請你唱一個小曲兒罷。」

「今天嗓子不好。」

「我唐突了，請你恕我。」

「你又要多心了，我因爲嗓子不好，所以不能唱高音。」

「並不是會場上，音的高低，又何必去問它呢！」

「但是這樣被人強求的時候，反而唱不出來的。」

「不錯不錯，我們都是愛自然的人，不唱也罷了。」

「走了太遠了，我們回去罷。」

「你走乏了麼？」

「乏倒沒有，但是草堆裏還有幾本書在那裏，怕被人看見了不好。」

「但是我可不曾看你的書。」

「你怎麼會這樣多心的，我又何嘗說你看過來！」

「唉，這疑心病就是我半生的哀史的證明呀！」

「什麼哀史？」

伊人就把自小被人虐待，到了今日還不曾感得一些熱情過的事情說了。兩人背後的清影，一步一步的拖長起來，天空的四周，漸漸兒的帶起紫色來了。殘冬的餘勢，在這薄暮的時候，還能感覺得出來，從海上吹來的微風，透了兩人的冬服，刺入他和她的火熱的心裏去。伊人向海上一看，見西北角的天空裏一座倒擎的心樣的雪山，帶著了濃藍的顏色，在和軟的晚霞裏作會心的微笑，伊人不覺高聲的叫著說：「你看那富士！」

這樣的叫了一聲，他不知不覺的伸出了五個指頭去尋她那隻同玉絲似的手去，他的雙眼卻同在夢裏似的，還懸在富士山的頂上。幾個柔軟的指頭和他那冰冷的手指遇著的時候，他不覺驚了一下，伸轉了手，回頭來一看，卻好她也正在那裏轉過她的視線來。兩人看了一眼。默默地就各把頭低去了。站了一忽，伊人就改換了聲音，光明正大的對她說：

「你怕走倦了罷，天也快晚了，我們回轉去罷。」

「就回轉去罷，可惜我們背後不能看太陽落山的光景。」

伊人向西天一看，太陽已經快落山去了。回轉了身，兩人並著的走了幾步，她說：

「影子真長！」

「這就是太陽落山的光景呀！」

海風又吹過一陣來，岸邊起了微波，同飛散了的金箔似的，浪影閃映出幾條光線來。

「你覺得涼麼，我把我的外套借給你好麼？」

「不涼……女人披了男人的外套，像什麼樣子呀！」

又默默的走了幾步，他看看遠岸已經有一層晚霞起來了。他和K、B住的地方的岸上樹林外，有幾點黑影，圍了一堆紅紅的野火坐在那裏。

「那一邊的小孩兒又在那裏生火了。」

這正是一幅畫呀！我好像唱得出歌來的樣子：

Kennst du das Land, wo die Zitronen bluehn.
Im dunkeln Laub die Goldorangen gluehn,
Ein sanfter Wind vom blauen Himmel weht,
Die Myrte still und boch der Lorbeer steht?⑥

底下的是重複句，怕唱不好了！

Kennst du es wohl?
Dahin! Dahin
Moecht'ich mit dir, O mein Geliebter, ziehn!」

她那悲涼微顫的喉音，在薄暮的海邊的空氣裏悠悠揚揚的浮蕩著，他只覺得一層紫色的薄膜把他的五官都包住了。

「Kennst du das Haus, auf Saeulen ruht sein Dach,
Es glaenzt der Saal, es schimmert das Gemach,
Und Marmorbilder stehn und sehn mich an:
Was hat man dir, du armes kind,getan?」

四邊的空氣一刻一刻的濃厚起來。海面上的涼風又掠過了他的那火熱的雙頰，吹到她的頭髮上去。他聽了那一句歌，忽然想起了去年夏天欺騙他的那一個輕薄的婦人的事情來。

「你這可憐的孩子呀，他們欺負了你麼，唉！」

他自家好像是變了迷娘（Mignon），無依無靠的一個人站在異鄉的日暮的海邊上的樣子。用了悲涼的聲調在那裏幽幽唱曲的好像是從細浪裏湧出來的寧婦（Nymph）魅妹（Mermaid）。他忽然覺得Sentimental⑦起來，兩顆同珍珠似的眼淚滾下他的頰際來了。

「Kennst du es wohl?
Dahin! Dahin
Moecht'ich mit Dir, o mein Beschuetzer, ziehn!
Kennst du den Berg und sein Wolkensteg?
Das Maultier sucht im Nebel seinen Weg,
In Hoehlen wohnt der Drachen alte Brut,
Es stuerzt der Fels und ueber ihn die Flut:
Kennst du ihn wohl?
Dahin! Dahin
Geht unser Weg,o Vater, lass uns ziehn!」

她唱到了這一句，重複的唱了兩遍。她那尾聲悠揚同游絲似的哀寂的清音，與太陽的殘照，都在薄暮的空氣裏消散了。西天的落日正掛在遠遠的地平線上，反射出一天紅軟的浮雲，長空高冷，帶起銀藍顏色來，平波如鏡的海面，也加了一層橙黃的色彩，與四圍的紫色溶作了一團。她對他看了一眼，默默地走了幾步，就對他說：

「你確是一個Sentimentalist⑧！」

他的感情脆弱的地方，怕被她看破，就故意的笑著說：

「說什麼話，這一個時期我早已經過去了。」

但是他頰上的兩顆眼淚，還未曾乾落，圓圓的淚珠裏，也反映著一條縮小的日暮的海岸。走到她放氈毯書籍的地方，暮色已經從松樹枝上走下來，空中懸著的半規上弦的月亮，漸漸兒的放起光來了。

「再會再會！」

「再會……再……會！」

五　月光

伊人回到他住的地方，看見B一個人呆呆的坐在廊下看那從松樹林裏透過來的黝暗的海岸。聽了伊人的腳步聲，就回轉頭來叫他說：

「伊君！你上什麼地方去了，我們今天唱詩的時候只有四個人。你也不去，兩個好看的女學生也不來，只有我和K君和一位最難看的女學生。C夫人在那裏問你呢！」

「對不起得很，我因為上館山去散步去了，所以趕不及回來。你已經吃過晚飯了麼？」

「吃過了。浴湯也好了，主人在那裏等你洗澡。」

洗了澡，吃了晚飯，伊人就在電燈底下記了一篇長篇的日記。把《迷娘的歌》（《Mignon》）也記了進去，她說的話也記了進去，日暮的海岸的風景，悲涼的情調，他的眼淚，她的纖手，富士山的微笑，海浪的波紋，沙上的足跡，這一天午後他所看見聽見感得的地方都記了進去。寫了兩個多鐘頭，他愈寫愈加覺得有趣，寫好之後，讀了又讀，改了又改，又費去了一個鐘頭，這海岸的村落的人家，都已沉沉的酣睡盡了。寒冷靜寂的屋內的空氣壓在他的頭上肩上身上，他回頭看看屋裏，只有壁上的他那擴大的影子在那裏動著，除了屋頂上一聲兩聲的鼠鬥聲之外，更無別的音響振動著空氣。

火缽裏的火也消了，坐在屋裏，覺得難受，他便輕輕的開了門，拖了草履，走下院子裏去，初八九的上弦的半月，已經斜在西天，快落山去了。踏了松樹的影子，披了一身灰白的月光，他又穿過了松林，走到海邊上去。寂靜的海邊上的風景，比白天更加了一味淒慘潔淨的情調。在將落未落的月光裏，踏來踏去的走了一回，他走上白天他和她走過的地方去。差不多走到了時候，他就站住了腳，曲了身去看白天他兩人的沙灘上的足跡去。同尋夢的人一樣，他尋了半天總尋不出兩人的足印來。站起來又向西的走了一忽，伏倒去一尋，他自家的橡皮革履的足跡尋出來了。他的足跡的後邊一步一步跟上去的她的足跡也尋了出來。他的胸前覺得似有跳躍的樣子，《聖經》裏的兩節話忽然被他想出來了。

But I say unto you, that whosoever looketh on a woman to lust after her hath committed adultery with her already in his heart.And if thy right eye offend thee, pluck it out,and cast it from thee; for it is profitable for thee that one of thy members should perish, and not that thy who'e body should be cast into hell.⑨

伊人雖已經與婦人接觸過幾次，然而在這時候，他覺得他的身體又回到童貞未破的時候去了的一樣，他對O的心，覺得真是純潔高尚，並無半點邪念的樣子，想到了這兩節《聖經》，他的心裏又起衝突來了。他站起來閉了眼睛，默默的想了一回。他想叫上帝來幫助他，但是他的哲學的理智性怎麼也不許他祈禱，閉了眼睛，立了四五分鐘，搖了一搖頭，嘆了一口氣，他仍復走了回來。他一邊走一邊把頭轉向南面的樹林，在深深的探視。那邊並無燈火看得出來，只有一層朦朧的月光，罩在樹林的上面，一塊樹林的黑影，教人想到神秘的事跡上去。他看了一回，自家對自家說：

「她定住在這樹林的裏邊，不知她睡沒有睡，她也許在那裏看月光的。唉，可憐我的一生。可憐我的長失敗的生涯！」

月亮又低了一段，光線更灰白起來，海面上好像有一隻船在那裏橫駛的樣子，他看了一眼，灰白的光裏，只見一隻怪獸似的一個黑影在海上微動，他忽覺得害怕起來。一陣涼風又橫海的掠上他的顏面，他打了一個冷痙，就俯了首三腳兩步的走回家來了。

睡了之後，他覺得有女人的聲音在門外叫他的樣子！仔細聽了一聽，這確是唱《迷娘的歌》的聲音。他就跑出來跟了她上海邊上去。月亮正要落山的樣子，西天盡變了紅黑的顏色。他向四邊一看，覺得海水樹林沙灘也都變了紅黑色了。他對她一看，見她臉色被四邊的紅黑色反映起來，竟蒼白得同死人一樣。他想和她說話，但是總想不出什麼話來。她也只含了兩眼清淚，在那裏默默的看他。兩人在沉默的中間，動也不動的看了一忽，她就回轉身向樹林裏走去。他馬上追了過去，但是到樹林的口頭的時候，他忽然遇著了去年夏天欺騙他的那個淫婦，含著了微笑，從樹林裏走了出來。啊的叫了一聲，他就想跑回到家裏來，但是他的兩腳，怎麼也不能跑，苦悶了一回，他的夢才醒了。身上又發了一身冷汗，那一晚他再也不能睡了。去年夏天的事情，他又回想了出來。

去年夏天他的身體還強健得很，在高等學校卒了業，正打算進大學去，他的前途還有許多希望在那裏。我們更換一個高一級的學校或改遷一個好一點的地方的時候感得的那一種希望心和好奇心，也在他的胸中醞釀。那時候他的經濟狀態，也比現在寬裕，家裏匯來的五百元錢，還有一大半存在銀行裏，他從他的高等學校的N市，遷到了東京，在芝區的赤倉旅館住了一個禮拜，有一天早晨在報上看見了一處招租的廣告。因爲廣告上出租的地方近在第一高等學校的前面，所以去大學也不甚遠。他坐了電車，到那個地方去一看，是一家中流人家。姓N的主人是一個五六十歲的強壯的老人，身體偉巨得很，相貌雖然獰惡，然而應對卻非常恭敬。出租的是樓上的兩間房子，伊人上樓去一看，覺得房間也還清潔，正坐下去，同那老主人在那裏講話的時候，扶梯上走上了一個二十三四的優雅的婦人來。手裏拿了一盆茶果，走到伊人的面前就恭恭敬敬跪下去對伊人行了一個禮。伊人對她看了一眼，她就含了微笑，對伊人丟了一個眼色。伊人倒反覺得害起羞來。她還是平平常常的好像得了勝利似的下樓去了。伊人說定了房間，就走下樓來，出門的時候，她又跪在門口，含了微笑在那裏送他。他雖然不能仔仔細細的觀察，然而就他一眼所及的地方看來，剛才的那個婦人，確是一個美人。小小的身材，長圓的臉兒，一頭叢多的黑色的頭髮，墜在她的嬌白的額上。一雙眼睛活得很，也大得很。伊人一路回到他的旅館裏去，在電車上就作了許多空想。

「名譽我也有了，從九月起我便是帝國大學的學生了。金錢我也可以支持一年，現在還有二百八十餘元的積貯在那裏。第三個條件就是女人了。Ah, money, love and fame！⑩」

他想到這裏，不覺露了一臉微笑，電車裏坐在他對面的一個中年的婦人，好像在那裏看他的樣子，他就在洋服袋裏拿出了一冊當時新出版的日本的小說《一婦人》（《Aru Onnan》）來看了。

第二天早晨，他一早就從赤倉旅館搬到本鄉的N的家裏去。因為時候還早得很，昨天看見的那個婦人還沒有梳頭，粗衣亂髮的她的容姿，比梳妝後的樣子還更可愛，他一見了她就紅了臉，一句話也講不出來。她只含著了微笑，幫他在那裏整理從旅館裏搬來的物件。一隻書箱重得很，伊人一個人搬不動，她就跑過來幫伊人搬上樓去。搬上扶梯的時候，伊人退了一步，卻好衝在她的懷裏，她便輕輕地把伊人抱住了說：

「危險呀！要沒有我在這裏，怕你要滾下去了。」

伊人覺得一層女人的電力，微微的傳到他的身體上去。他的自制力已經沒有了，好像在冬天寒冷的時候，突然進了熱霧騰騰的浴室裏去的樣子，伊人只昏昏的說：

「危險危險！多謝多謝！對不起對不起……」

伊人急忙走開了之後，她還在那裏笑著，看了伊人的惱羞的樣子，她就問他說：

「你怕羞麼？你怕羞我就下樓去！」

伊人正想回話的時候，她卻轉了身走下樓去了。

夏天的暑熱，一天一天的增加起來，伊人的神經衰弱也一天一天的重起來了。伊人在N家裏住了兩個禮拜，家裏的情形，也都被他知道了。N老人便是那婦人的義父，那婦人名叫M，是N老人的朋友的親生女，M有一個男人，是入贅的，現在鄉下的中學校裏做先生，所以不住在家裏的。

那婦人天天梳洗的時候，總把上身的衣服脫得精光，把她的乳頭胸口露出來。伊人起來洗面的時候，每天總不得不受她的露體的誘惑，因此他的腦病更不得不一天重似一天起來。

有一天午後，伊人正在那裏貪午睡，M一個人不聲不響的走上扶梯鑽到他的帳子裏來。她一進帳子伊人就醒了。伊人對她笑了一笑，她也對伊人笑著並且輕輕的說：

「底下一個人都不在那裏。」

伊人從蓋在身上的毛毯裏伸出了一隻手來，她就靠住了伊人的手把身體橫下來轉進毛毯裏去。

第二日她和她的父親要伊人帶上鎌倉去洗海水澡。伊人因爲不喜歡海水浴，所以就說：

「海水浴俗得很，我們還不如上箱根溫泉去罷。」

過了兩天，伊人和M及M的父親，從東京出發到箱根去了。在宮下的奈良屋旅館住下的第二天，M定要伊人和她上蘆湖去，N老人因爲家裏丟不下，就在那一天的中飯後回東京去了。吃了中飯，送N老人上了車，伊人就同她上蘆湖去。倒行的上山路緩緩的走不上一個鐘頭，她就不能走了。好容易到了蘆湖，伊人和她又投到紀國屋旅館去住下。換了衣服，洗了汗水，吃了兩杯冰淇淋，覺得元氣恢復起來，閉了紙窗，她又同伊人睡下了。過了一點多鐘太陽沉西的時候，伊人又和她去洗澡去。吃了夜飯，坐了二三十分鐘，樓上還很熱鬧的時候，M就把電燈熄了。

第二天天氣熱得很，伊人和她又在蘆湖住了一天，第三天的午後，他們才回到東京來。

伊人和M，回到本鄉的家裏的門口的時候，N老人就迎出來說：

「M兒！W君從病院裏出來了！」

「啊！這……病好了麼，完全好了麼？」

M的面上露出了一種非常歡喜的樣子來，伊人以爲W是她的親戚，所以也不驚異，走上家裏去之後，他看見在她的房裏坐著一個三十來歲的男子。這男子的身體雄偉得很，臉上帶著一臉酒肉氣，見伊人進來，就和伊人敘起禮來。N老人就對伊人說：

「這一位就是W君，在我們家裏住了兩年了。今年已經在文科大學卒業。你的名氏他也知道的，因爲他學的是漢文，所以在雜誌上他已經讀過你的詩的。」

M一面對W說話，一面就把衣服脫下來，拿了一塊手巾把身上的汗揩了，揩完之後，把手巾遞給伊人說：「你也揩一揩罷！」

伊人覺得不好看，就勉強的把面上的汗揩了。伊人與W雖是初次見面，但總覺得不能與他合伴。不曉是什麼理由，伊人總覺得W是他的仇敵。說了幾句閒話，伊人上樓去拿了手巾肥皂，就出去洗澡去了。洗了澡回來，伊人在門口聽見M在那裏說笑，好像是喜歡得了不得的樣子。伊人進去之後，M就對他說：

「今天晚上W先生請我們吃雞，因爲他病好了，今天是他出病院的紀念日。」

M又說W因爲害腎臟病，到病院去住了兩個月，今天才出病院的。伊人含糊的答應了幾句，就上樓去了。這一天的晚上，伊人又害了不眠症，開了眼睛，竟一睡也睡不著。到十二點鐘的時候，他聽見樓底下的M的房門輕輕兒的開了，一步一步的M的腳步聲走上她的間壁的W的房裏去。嘰哩咕嚕的講了幾句之後，M特有的那一種嗚嗚的喘聲出來了。伊人正好像被潑了一身冷水，他的心臟的鼓動也停止了，他的腦裏的血液也凝住了。他的耳朵同犬耳似的直豎了起來，樓下的一舉一動他都好像看得出來的樣子。W的肥胖的肉體，M的半開半閉的眼睛，散在枕上的她的頭髮，她的嘴唇和舌尖，她的那一種粉和汗的混和的香氣，下體的顫動……他想到這裏，已經不能耐了。愈想睡愈睡不著。樓下窸窸窣窣的聲響，更不止的從樓板上傳到他的耳膜上來。他又不敢作聲，身體又不敢動一動。他胸中的苦悶和後悔的心思，一時同暴風似的起來，兩條冰冷的眼淚從眼角上流到耳朵根前，從耳朵根前滴到枕上去了。

天將亮的時候才幽腳幽手的回到她自己的家裏去，伊人聽了一忽，覺得樓底下的聲音息了。翻來覆去的翻了幾個身，才睡著了。睡不上一點多鐘，他又醒了。下樓去洗面去的時候，M和W都還睡在那裏，只有N老人從院子對面的一間小屋裏（原來老人是睡在這間小屋裏的）走了下來，擦擦眼睛對伊人說：

「你早啊！」

伊人答應了一聲，匆匆洗完了臉，就套上了皮鞋，跑出外面去。他的腦裏正亂得同蜂巢一樣，不曉得怎麼才好。他亂的走了一陣，卻走到了春日町的電車交換的十字路口了。不問青白，他跳上了一乘電車就乘在那裏，糊糊塗塗的換了幾次車，電車到了目黑的終點了。太陽已經高得很，在田塍路上穿來穿去的走了十幾分鐘，他覺得頭上曬得痛起來，用手向頭上一摸，才知道出來的時候，他不曾把帽子帶來。向身上腳下一看，他自家也覺得好笑起來。身上只穿了一件白綢的寢衣，赤了腳穿了一雙白皮的靴子。他覺得羞極了，要想回去，又不能回去，走來走去的走了一回，他就在一塊樹蔭的草地上坐下了。把身邊的錢包取出來一看，包裏還有三張五元的鈔票和二三元零錢在那裏，幸喜銀行的帳簿也夾在錢包裏面，翻開來一看，只有百二十元錢存在了。他靜靜的坐了一忽，想了一下，忽把一月前頭住過的赤倉旅館想了出來。他就站起來走，穿過了幾條村路，尋到一間人力車夫的家裏，坐了一乘人力車，便一直的奔上赤倉旅館去。在車上的幌簾裏，他想想一月前頭看了房子回來在電車上想的空想，不知不覺的就滴了兩顆大眼淚下來。

「名譽，金錢，婦女，我如今有一點什麼？什麼也沒有，什麼也沒有。我……我只有我這一個將死的身體。」

到了赤倉旅館，旅館裏的聽差的看了他的樣子，都對他笑了起來：

「伊先生！你被強盜搶劫了麼？」

伊人一句話也回答不出，就走上帳桌去寫了一張字條，對聽差的說：

「你拿了這一張字條，上本鄉××町××號地的N家去把我的東西搬了來。」

伊人默默的上一間空房間裏去坐了一忽，種種傷心的事情，都同春潮似的湧上心來。他愈想愈恨，差不多想自家尋死了，兩條眼淚連連續續的滴下他的腮來。

過了兩個鐘頭之後，聽差的人回來說：

「伊先生你也未免太好事了。那一個女人說你欺負了她，如今就要想遠遁了。她怎麼也不肯把你的東西交給我搬來。她說還有要緊的事情和你親說，要你自家去一次。一個三十來歲的同牛也似的男人說你太無禮了。因爲他出言不遜，所以我同他鬧了一場，那一隻牛大概是她的男人罷？」

的。」

「她說的話多得很呢！她說你太卑怯了！並不像一個男子漢。那是她看了你的字條的時候說的。」

「她另外還說什麼？」

「是這樣的麼，對不起得很，要你空跑了一次。」

一邊這樣的說，一邊伊人就拿了兩張鈔票，塞在那聽差的手裏。聽差的要出去的時候，伊人又叫他回來，要他去拿了幾張信紙信封和筆硯來。筆硯信紙拿來了之後，伊人就寫了一封長長的信給M。

第三天的午前十時，橫濱出發的春日丸輪船的二等艙板上，伊人呆呆的立在那裏。他站在鐵欄旁邊，一瞬也不轉的在那裏看漸漸兒小下去的陸地。輪船出了東京灣，他還呆呆的立在那裏，然而陸地早已看不明白了，因爲船離開橫濱港的時候，他的眼睛就模糊起來，他的眼瞼毛上的同珍珠似的水球，還有幾顆沒有乾著，所以他不能下艙去與別的客人接談。

對面正屋裏的掛鐘敲了二下，伊人的枕上又滴了幾滴眼淚下來，那一天午後的事情，箱根旅館裏的事情，從箱根回來那一天晚上的事情，他都記得清清楚楚，同昨天的事情一樣。立在橫濱港口春日丸船上的時候的懊惱又在他的胸裏活了轉來，那時候嘗過的苦味他又不得不再嘗一次。把頭搖了一搖，翻了一轉身，他就輕輕的說：

「O呀O，你是我的天使，你還該來救救我。」

伊人又把白天她在海邊上唱的《迷娘的歌》想了出來：

「你這可憐的孩子呀，他們欺負了你了麼？唉！」

「Was hat man dir, du armes kind, getan?」

伊人流了一陣眼淚，心地漸漸兒的和平起來，對面正屋裏的掛鐘敲三點的時候，他已經斷斷的睡著了。

六　崖上

伊人醒來的時候已經是九點多了。窗外好像在那裏下雨，簷漏的滴聲傳到被裏睡著的伊人的耳朵裏來。開了眼又睡了一刻鐘的樣子，他起來了。開門一看，一層濛濛的微雨，把房屋樹林海岸遮得同水墨畫一樣。伊人洗完了臉，拿出一本喬其・墨亞（George Moore）的小說來，靠了火鉢讀了幾頁，早膳來了。吃過早膳，停了三四十分鐘，K和B來說閒話，伊人問他們今天有沒有聖經班，他們說沒有，聖經班只有禮拜二禮拜五的兩天有的。伊人一心想和O見面，所以很願意早一刻上C夫人的家裏去，聽了他們的話，他也覺得有些失望的地方，B和K說到中飯的時候，各回自家的房裏去了。

吃了中飯，伊人看了一篇喬其・墨亞的《往事記》（《Memories of my dead life》），那鐘聲又噹噹的響了起來。伊人就跑也似的走到C夫人的家裏去。K和B也來了，兩個女學生也來了，只有

O不來，伊人胸中磽磽落落地總平靜不下去。一分鐘過去了，五分鐘過去了，O終究沒有來。讚美詩也唱了，祈禱也完了，大家都快散去了，伊人想問她們一聲，然而終究不能開口。兩個女學生臨去的時候，K倒問她們說：

「O君怎麼今天又不來？」

一個年輕一點的女學生回答說：

「她今天身上又有熱了。」

伊人本來在那裏作種種的空想的，一聽了這話，就好像是被宣告了死刑的樣子，他的身上的血管一時都覺得脹破了。他穿了鞋子，急急的跟了那兩個女學生出來。等到無人看見的時候，他就追上去問那兩個女學生說：

「對不起得很，O君是住在什麼地方的，你們可以領我去看看她麼？」

兩個女學生盡在前頭走路，不留心他是跟在她們後邊的，被他這樣的一問就好像驚了似的回轉身來看他。

「啊！你怎麼雨傘都沒有帶來，我們也是上O君那裏去的，就請同去罷！」

兩個女學生就拿了一把傘借給了他，她們兩個就合用了一把向前走去。在如煙似霧的微雨裏走了一二十分鐘，他們三人就走到了一間新造的平房門口，門上掛著一塊O的名牌，一扇小小的門，卻與那一間小小的屋相稱。三人開門進去之後，就有一個老婆子迎出來說：

「請進來！這樣的下雨，你們還來看她，真真是對不起得很了。」

伊人跟了她們進去，先在客室裏坐下，那老婆子捧出茶來的時候，指著伊人對兩個女學生問說：「這一位是……」

這樣的說了，她就對伊人行起禮來。兩個女學生也一邊說一邊在那裏陪禮。

「這一位是東京來的。C夫人的朋友，也是基督教徒。……」

伊人也說：「我姓伊，初次見面，以後還請照顧照顧。……」

初見的禮完了，那老婆子就領伊人和兩個女學生到O的臥室裏去。O的臥室就在客室的間壁，伊人進去一看，見O紅著了臉，睡在紅花的綢布被裏，枕邊上有一本書攤在那裏。腳後擺著一個火缽，火缽邊上有一個坐的蒲團，這大約是那老婆子坐的地方。火缽上的鐵瓶裏，有一瓶沸的開水，在那裏發水蒸汽，所以室內溫暖得很。伊人一進這臥房，就聞得一陣香水和粉的香氣，這大約是處女的閨房特有的氣息。老婆子領他們進去之後，把火缽移上前來，又從客室裏拿了三個坐的蒲團來，請他們坐了。伊人進這病室之後，就感覺到一種悲哀的預感，好像有人在他的耳朵根前告訴說：

「可憐這一位年輕的女孩，已經沒有希望了。你何苦又要來看她，使她多一層煩擾。」

一見了她那被體熱蒸紅的清瘦的臉兒，和她那柔和悲寂的微笑，伊人更覺得難受，他紅了眼，好久不能說話，只聽她們三人輕輕地在那裏說：

「啊！這樣的下雨，你們還來看我，真對不起得很呀。」（O的話）
「哪裡的話，我們橫豎在家也沒有事的。」（第一個女學生）
「C夫人來過了麼？」（第二個女學生）
「C夫人還沒有來過，這一點小病又何必去驚動她，你們可以不必和她說的。」
「但是我們已經告訴她了。」
「伊先生聽了我們的話，才知道你是不好。」
「啊！真對你們不起，這樣的來看我，但是我怕明天就能起來的。」
伊人覺得O的視線，同他自家的一樣，也在那裏閃避。所以伊人只是俯了首，在那裏聽她們說閒話，後來那年紀最小的女學生對伊人說：
「伊先生！你回去的時候，可以去對C夫人說一聲，說O君的病並不厲害。」
伊人誠誠懇懇的舉起視線來對O看了一眼，就馬上把頭低下去說：
「雖然是小病，但是也要保養……。」
說到這裏，他覺得說不下去了。
三人坐了一忽，說了許多閒話，就站起來走。
「請你保重些！」
「保養保養！」

「小心些……！」

「多謝多謝，對你們不起！」

伊人臨走的時候，又深深的對O看了一眼，O的一雙眼睛，也在他的面上遲疑了一回。他們三人就回來了。

禮拜日天晴了，天氣和暖了許多。吃了早飯，伊人就與K和B，從太陽光裏躺著的村路上走到北條市內的禮拜堂去做禮拜。雨後的鄉村，滿目都是清新的風景。一條沙泥和矽石結成的村路，被雨洗得乾乾淨淨在那裏反射太陽的光線。道旁的枯樹，以青蒼的天體作爲背景，挺著枝幹，她像有一種新生的氣力貯蓄在那裏的樣子，大約發芽的時期也不遠了。空地上的枯樹投射下來的影子，同蒼老的南畫的粉本一樣。伊人同K和B說了幾句話，看看近視眼的K，好像有不喜歡的樣子形容在面上，所以他就也不再說下去了。

到了禮拜堂裏，一位三十來歲的，身材短小，臉上有一簇絡腮短鬍子的牧師迎了出來。這牧師和伊人是初次見面，談了幾句話之後，伊人就覺得他也是一個沉靜無言的好人。牧師也是近視眼，也戴著一雙鋼絲邊的眼鏡，說話的時候，語音是非常沉鬱的。唱詩說教完了之後，是自由說教的時刻了。近視眼的K，就跳上壇上去說：

「我們東洋人不行不行。我們東洋人的信仰全是假的，有幾個人大約因爲想學幾句外國話，或想與女教友交際交際才去信教的。所以我們東洋人是不行的。我們若要信教，要同原始基督教徒一樣的去信才好。也不必講外國話，也不必同女教友交際的。」

伊人覺得立時紅起臉來，K的這幾句話，分明是在那裏攻擊他的。第一何以不說「日本人」要說「東洋人」？在座的人除了伊人之外，還有誰不是日本人呢？講外國話，與女教友交際，這是伊人的近事。

K的演說完了之後，大家起來祈禱，祈禱畢，禮拜就完了。伊人心裏只是不解，何以K要反對他到這一個地步。來做禮拜的人，除了C夫人和那兩個女學生之外，都是些北條市內的住民，所以K的演說也許大家是不能理會的，伊人想到了這裏，心裏就得了幾分安易。眾人還沒有散去之先，伊人就拉了B的手，匆匆的走出教會來了。走盡了北條的熱鬧的街道，在車站前面要向東折的時候，伊人對B說：

「B君，我要問你幾句話，我們一直的去，穿過了車站，走上海岸去罷。」

穿過了車站走到海邊的時候，伊人問說：

「B君，剛才K君講的話，你可知道是指誰說的？」

「那是指你說的。」

「K何以要這樣的攻擊我呢？」

「你要曉得K的心裏是在那裏想O的。你前天同她上館山去，昨天上她家去看她的事情，都被他知道了。他還在C夫人的面前說你呢！」

伊人聽了這話，默默的不語，但是他面上的一種難過的樣子，卻是在那裏說明他的心理的狀態。他走了一段，又問B說：

「你對這事情的意見如何，你說我不應該同O君交際的麼？」

「這話我也難說，但是依我的良心而說，我是對K君表同情的。」

伊人和B又默默的走了一段，伊人自家對自家說：

「唉！我又來作盧亭（Roudine）了。」

日光射在海岸上，沙中的矽石同金剛石似的放了幾點白光。一層藍色透明的海水的細浪，就打在他們的腳下。伊人俯了首走了一段，仰起來看看蒼空，覺得一種悲涼孤冷的情懷，充滿了他的胸裏，他讀過的盧騷著的《孤獨者之散步》裏邊的情味，同潮也似的湧到他的腦裏來，他對B說：

「快十二點鐘了，我們快一點回去罷。」

七　南行

禮拜天的晚上，北條市內的教會裏，又有祈禱會，祈禱畢後，牧師請伊人上壇去說話。伊人揀了一句《山上垂誡》裏邊的話作他的演題：

「Blessed are the poor in spirit; for theirs is the Kingdom of Heaven.」《Matthew》5.2.

「心貧者福矣，天國爲其國也。」

「說到這一個『心』字，英文譯作Spirit，德文譯作Geist，法文是Esprit，大約總是作『精神』講的。精神上受苦的人是有福氣的，因爲耶酥所受的苦，也是精神上的苦。說到這『貧』字，我想是有二種意思，第一就是我們平常所說的貧苦的『貧』，就是由物質上的苦而及於精神上的意思。第二就是孤苦的意思，這完全是精神上的苦處。依我看來。耶酥的說話裏，這兩種意思都是包含在內的。托爾斯泰說，山上的說教，就是耶酥教的中心要點，耶酥教義，是不外乎山上的垂誡，後世的各神學家的爭論，都是牽強附會，離開正道的邪說，那些枝枝葉葉，都是掩藏耶酥的真意的議論，並不是顯彰耶酥的道理的燭炬。我看托爾斯泰信仰論裏的這幾句話是很有價値的。耶酥教義，其實已經是被耶酥在山上說盡了。若說耶酥教義盡於山上的說教，那麼我敢說山上的說教盡於這『心貧者福矣』的一句話。因爲『心貧者福矣』是山上說教的大綱，耶酥默默的走上山去，心裏在那裏想的，就是一句可以總括他的意思的話。他看看群眾都跟了他來，在山上坐下之後，開口就把他所想說的話綱領說了。」

「心貧者福矣，天國爲其國也。」

「底下的一篇說教，就是這一個綱領的說明演繹。《馬太福音》，想是諸君都研究過的，所以底下我也不要說下去，我現在想把我對於這一句綱領的話，究竟有什麼感想，這一句話的證明，究竟在什麼地方能尋得出來的話，說給諸君聽聽，可以供諸君作一個參考。我們的精神上的苦處，有一部分是從物質上的不滿足而來的。比如游俄（Hugo）的《哀史》（Les Miserables）⑪裏的主人公詳・乏兒詳（Jean Valjean）的偷盜，是由於物質上的貧苦而來的行動，後來他受的苦悶，就成了精神上的苦惱了。更有一部分經濟學者，從唯物論上立腳，想把一切厭世的思想的原因，都歸到物質上的不滿足的身上去。他們說要是蕭本浩（Schopenhauer），若有一個理想的情人，他的哲學《意志與表象的世界》（《Die welt als Wille und Vorstellung》）就沒有了。這未免是極端之論，但是也有半面真理在那裏。所以物質上的不滿足，可以釀成精神上的愁苦的。耶酥的話，『心貧者福矣』，就是教我們應該耐貧苦，不要去貪物質上的滿足。基督教的一個大長所，就是教人尊重清貧，不要去貪受世上的富貴。聖經上有一處說，有錢的人非要把錢丟了，不能進天國，因爲天國的門是非常窄的。亞西其的聖人弗蘭西斯（St.Francis of Assisi），就是一個尊貧輕富的榜樣，他丟棄了父祖的家財，甘與清貧去作伴，依他自家說來，是與窮苦結了婚，這一件事有何等的毅力！在法庭上脫下衣服還他父親的時候，誰能不被他感動！這是由物質上的貧苦而釀成精神上的貧苦的說話。耶酥教我們輕富尊貧，就是想救我們精神上的這一層苦楚。由此看來，耶酥教畢竟是貧苦人的宗教，所以耶酥教與目下的暴富者，無良心的有權力者不能兩立的。我們現在更要講到純粹的精神上的貧苦上去。純粹的精神上的貧苦的人，就是下文所說的有悲哀的人，心腸慈善的人，對正義如饑如渴的人，以及愛和平，施恩惠，爲正義的緣故受逼迫的人。這些人在我們東洋就是所謂有德的人，古人說德不孤，必有鄰，現在卻是反對的了。爲和平的緣故，勸人息戰的人，反而要去坐監牢去。爲正義的緣故，替勞動者抱不平的人，反而要去作囚人服苦役去。對於國家的無理的法律制度反抗的人，要被火來燒殺。我們讀歐洲史讀到清教徒的被虐殺，路得的被當時德國君主迫害的時候，誰能不發起怒來。這些甘受社會的虐待，願意爲民眾作犧牲的人，都是精神上覺得貧苦的人呀！所以耶酥說：『心貧者福矣，天國爲其國也。』最後還有一種精神上貧苦的人，就是有純潔的心的人。這一種人抱了純潔的精神，想來愛人愛物，但是因爲社會的因習，國民的慣俗，國際的偏見的緣故，就不能完全作成耶酥的愛，在這一種人的精神上，不得不感受一種無窮的貧苦。另外還有一種人，與純潔的心的主人相類的，就是肉體上有了疾病，雖然知道神的意思是如何，耶酥的愛是如何，然而總不能去做的一種人。這一種人在精神上是最苦，在世界上亦是最多。凡對現在的唯物的浮薄的世界不能滿足，而對將來的歡喜的世界的希望不能達到的一種世紀末（Fin de siecle）的病弱的理想家，都可算是這一類的精神上貧苦的人。他們在墮落的現世雖然不能得一點同情與安慰，然而將來的極樂國定是屬於他們的。」

伊人在北條市的那個小教會的壇上，在同淡水似的煤汽燈光的底下說這些話的時候，他那一雙水汪汪的眼光盡在一處凝視，我們若跟了他的視線看去，就能看出一張蒼白的長圓的臉兒來。這就是O呀！

O昨天睡了一天，今天又睡了大半日，到午後三點鐘的時候，才從被裏起來，看看熱度不高，她的母親也由她去了。O起床洗了手臉，正想出去散步的時候，她的朋友那兩個女學生來了。

「請進來，我正想出去看你們呢！」（O的話）

「你病好了麼？」（第一個女學生）

「起來也不要緊的麼？」（第二個女學生）

「這樣惱人的好天氣，誰願意睡著不起來呀！」

「晚上能出去麼？」

「聽說伊先生今晚在教會裏說教。」

「你們從哪裡得來的消息？」

「是C夫人說的。」

「剛才唱讚美詩的時候說的。」

「我應該早一點起來，也到C夫人家去唱讚美詩的。」

在O的家裏有了這會話之後，過了三個鐘頭，三個女學生就在北條市的小教會裏聽伊人的演講了。

伊人平平穩穩的說完了之後，聽了幾聲鼓掌的聲音，就從講壇上走了下來。聽的人都站了起來，有幾個人來同伊人握手攀談，伊人心裏雖然非常想跑上O的身邊去問她的病狀，然而看見有幾個青年來和他說話，不得已只能在火爐旁邊坐下了。說了十五分鐘閒話，聽講的人都去了，女學生也去了，O也去了，只有K與B，和牧師還在那裏。看看伊人和幾個青年說完了話之後，B就光著了兩隻眼睛，問伊人說：

「你說的輕富尊貧，是與現在的經濟社會不合的，若說個個人都不講究致富的方法，國家不就要貧弱了麼？我們還要念什麼書，商人還要做什麼買賣？你所講的與你們搗亂的中國，或者相合也未可知，與日本帝國的國體完全是反對的。什麼社會主義呀，大政府主義呀，那些東西是我所最恨的。你講的簡直是煽動無政府主義，社會主義的話，我是大反對的。」

K也擊了兩手叫著說：

「Es, es, alright, alright, mista B. yare yare!」

（不錯不錯，贊成贊成，B君講下去講下去！）

和伊人談話的幾個青年裏邊的一個年輕的人忽站了起來對B說：

「你這位先生大約總是一位資本家裏的食客。我們工人勞動者的受苦，全是因爲了你們資本家的緣故呀！資本家就是因爲有了幾個臭錢，便那樣的作威作福的凶惡起來，要是大家沒有錢，倒不是好麼？」

「你這黃口的小孩，曉得什麼東西！」

「放你的屁！你在有錢的大老官那裏拍拍馬屁，倒要駡起人來！……」

B和那個青年差不多要打起來了，伊人獨自一個就悄悄的走到外面來。北條街上的商家，都已經睡了，一條靜寂的長街上，灑滿了寒冷的月光，從北面吹來的涼風，夾了沙石，打到伊人的面上來。伊人打了幾個冷痙，默默的走回家去，走到北條火車站前，折向東去的時候，對面忽來了幾個微醉的勞動者，幽幽的唱著了鄉下的小曲兒過去了。勞動者和伊人的距離漸漸兒的遠起來，他們的歌聲也漸漸兒的幽了下去，在這春寒料峭的月下，在這深夜靜寂的海岸漁村的市上，那尾聲微顫的勞動者的歌音，真是哀婉可憐。伊人一邊默默的走去，俯首看著他在樹影裏出沒的影子，一邊聽著那勞動者的淒切悲涼的俗曲的歌聲，忽然覺得鼻子裏酸了起來，O對他講的一句話，他又想出來了：

「你確是一個生的悶脫列斯脫！」

伊人到家的時候，已經是十一點鐘的光景，房裏火缽內的炭火早已消去了。午後五點鐘的時候，從海上吹來的一陣北風，把內房州一帶的空氣吹得冰冷，他寫好了日記，正在改讀的時候，忽然打了兩個噴嚏。衣服也不換，他就和衣的睡了。

第二天醒來的時候，伊人覺得頭痛得非常，鼻孔裏吹出來的兩條火熱的鼻息，難受得很。房主人的女兒拿火來的時候，他問她要了一壺開水，他的喉音也變了。

「伊先生，你感冒了風寒了。身上熱不熱？」

伊人把檢溫計放到腋下去一測，體熱高到了三十八度六分。他講話也不願意講，只是沉沉的睡在那裏。房主人來看了他兩次。午後三點半鐘的時候，C夫人也來看他的病了，他對她道一聲謝，就不再說話了。晚上C夫人拿藥來給他的時候，他聽C夫人說：

「O也傷了風，體熱高得很，大家正在那裏替她憂愁。」

禮拜二的早晨，就是伊人傷風後的第二天，他覺得更加難受，看看體熱已經增加到三十九度二分了。C夫人替他去叫了醫生來一看，醫生果然說：

「怕要變成肺炎，還不如使他入病院的好。」

午後四點鐘的時候在夕陽的殘照裏，有一乘寢台車，從北條的八幡海岸走上北條市的北條病院去。

這一天的晚上，北條病院的樓上朝南的二號室裏，幽暗的電燈光的底下，坐著了一個五十歲前後的禿頭的西洋人和C夫人在那裏幽幽的談議，病室裏的空氣緊迫得很。鐵床上白色的被褥裏，有一個清瘦的青年睡在那裏。若把他那瘦得骨棱棱的臉上的兩點被體熱蒸燒出來的紅影和口頭的同微蟲似的氣息拿去了，我們定不能辨別他究竟是一個蠟人呢或是真正的肉體。這青年便是伊人。

一九二一年七月二十七日

附歌德的《**迷娘的歌**》（《MIGNON》）

那檸檬正開的南鄉，你可知道？
金黃的橙子，在綠葉的陽中光耀，
柔軟的微風，吹落自蒼空昊昊，
長春松靜，月桂枝高，

那多情的南國，你可知道？
我的親愛的情人，你去也，我亦願去南方，與你終老！

你可知道，那柱上的屋樑，那南方的樓閣？
金光燦爛的華堂，光彩耀人的幽屋，
大理白石的人兒，立在那邊瞧我，
「可憐的女孩兒呀！你可是受了他人的欺辱？」
你可知道，那南方的樓閣？
我的恩人，你去也，我亦願去南方，與你同宿！

你可知道，那雲裡的高山，山中的曲徑？
山間的驢子在雲霧的中間前進，
深淵裡，有蛟龍的族類，在那裡潛隱，
險峻的危岩，岩上的飛泉千仞，
你可知道那雲裡的高山，山中的曲徑？
我的爹爹，我願一路的與你馳騁！

注釋

①本篇最初編入一九二一年十月十五日上海泰東書局出版的小說集《沉淪》。
②英文，指書中的人物：詹姆斯·托姆森、H·海因、利奧帕·利奧帕迪迪、歐內斯特·多森。
③英文，小溪村。
④英文，果實到手了。
⑤英文，再見，K先生。
⑥本段及後三段英文詩的譯文，見本文末《附譯歌德的〈迷娘的歌〉》。
⑦英文，多情善感。
⑧英文，多情善感的人。
⑨英文，《馬太福音》第五章第廿七至廿九節：但是我告訴你們，看見婦女而生邪念的，在心裡已經跟她犯姦淫了。假如你的右眼使你失足，把他挖出來，扔掉；損失身體的一部分比整個身體陷入地獄要好得多。
⑩英文，哦，錢，愛和名譽。
⑪游俄，今譯雨果；《哀史》，今譯《悲慘世界》。

茫茫夜①

一

一天星光燦爛的秋天的朝上，大約時間總在十二點鐘以後了，靜寂的黃浦灘上，一個行人也沒有。街燈的灰白的光線，散射在蒼茫的夜色裏，烘出了幾處電杆和建築物的黑影來。道旁尚有二三乘人力車停在那裏，但是車夫好像已經睡著了，所以並沒有什麼動靜。黃浦江中停著的船上，時有一聲船板和貨物相擊的聲音傳來，和遠遠不知從何處來的汽車車輪聲合在一處，更加形容得這初秋深夜的黃浦灘上的寂寞。在這沉默的夜色中，南京路口灘上忽然閃出了幾個纖長的黑影來，他們好像是自家恐懼自家的腳步聲的樣子，走路走得很慢。他們的話聲亦不很高，但是在這沉寂的空氣中，他們的足音和話聲，已經覺得很響了。

「于君，你現在覺得怎麼樣？你的酒完全醒了麼？我只怕你上船之後，又要吐起來。」

講這一句話的，是一個十九歲前後的纖弱的青年，他的面貌清秀得很。他那柔美的眼睛，和他那不大不小的嘴唇，有使人不得不愛他的魔力。他的身體好像是不十分強，所以在微笑的時候，他的蒼白的臉上，也脫不了一味悲寂的形容。他講的雖然是北方的普通話，但是他那幽徐的喉音，和宛轉的聲調，竟使聽話的人，辨不出南音北音來。被他叫作「于君」的，是一個二十五六歲的青年，大約是因爲酒喝多了，頰上有一層紅潮，同薔薇似的罩在那裏。眼睛裏紅紅浮著的，不知是眼淚呢還是醉意，總之他的眉間，仔細看起來，卻有些隱憂含著，他的勉強裝出來的歡笑，正是在那裏形容他的愁苦。他比剛才講話的那青年，身材更高，穿著一套藤青的嗶嘰洋服，與剛才講話的那青年的魚白大衫，卻成了一個巧妙的對稱。他的面貌無俗氣，但亦無特別可取的地方。在一副平正的面上，加上一雙比較細小的眼睛，和一個粗大的鼻子，就是他的肖像了。由他那二寸寬的舊式的硬領和紅格的領結看來，我們可以知道他是一個富有趣味的人。他聽了青年的話，就把頭向右轉了一半，朝著了那青年，一邊伸出右手來把青年的左手捏住，一邊笑著回答說：

「謝謝，遲生，我酒已經醒了。今晚真對你們不起，要你們到了這深夜來送我上船。」

講到這裏，他就回轉頭來看跟在背後的兩個年紀大約二十七八的青年，從這兩個青年的洋服年齡面貌推想起來，他們定是姓于的青年修學時代的同學。兩個中的一個年長一點的人聽了姓于的青年的話，就搶上一步說：

「質夫，客氣話可以不必說了。可是有一件要緊的事情，我還沒有問你，你的錢夠用了麼？」

姓于的青年聽了，就放了捏著的遲生的手，用右手指著遲生回答說：

「吳君借給我的二十元，還沒有動著，大約總夠用了，謝謝你。」

他們四個人——于質夫吳遲生在前，後面跟著二個于質夫的同學，是剛從于質夫的寓裏出來，上長江輪船去的。

橫過了電車路，沿了灘外的冷清的步道走了二十分鐘，他們已經走到招商局的輪船碼頭了。江裏停著的幾隻輪船，前後都有幾點黃黃的電燈點在那裏。從黑暗的堆棧外的碼頭走上了船，招了一個在那裏假睡的茶房，開了艙裏的房門，在第四號官艙裏坐了一會，于質夫就對吳遲生和另外的兩個同學說：

「夜深了，你們可先請回去，諸君送我的好意，我已經謝不勝謝了。」

吳遲生也對另外的兩個人說：

「那麼你們請先回去，我就替你們做代表吧。」

于質夫又拍了遲生的肩說：

「你也請同去了罷。使你一個人回去，我更放心不下。」

遲生笑著回答說：

「我有什麼要緊，只是他們兩位，明天還要上公司去的，不可太睡遲了。」

質夫也接著對他的兩位同學說：

「那麼請你們兩位先回去，我就留吳君在這兒談吧。」

送他的兩個同學上岸之後，于質夫就拉了遲生的手回到艙裏來。原來今晚開的這隻輪船，已經舊了，並且船身太大，所以航行頗慢。因此乘此船的乘客少得很。于質夫的第四號官艙，雖有兩個艙位，單只住了他一個人。他拉了吳遲生的手進到艙裏，把房門關上之後，忽覺得有一種神秘的感覺，同電流似的，在他的腦裏經過了。在電燈下他的肩下坐定的遲生，也覺得有一種不可思議的感情發生，盡俯著首默默地坐在那裏。質夫看著遲生的同蠟人似的臉色，感情竟壓止不住了，就站起來緊緊的捏住了他的兩手，對面對的他幽幽的說：

「遲生，你同我去罷，你同我上A地去吧。」

這話還沒有說出之先，質夫正在那裏想：

「二十一歲的青年詩人蘭勃（Arthur Rimbaud）。一八七二年的佛爾蘭（Paul Verlaine）。白兒其國的田園風景。兩個人的純潔的愛。……」

這些不近人情的空想，竟變了一句話，表現了出來。質夫的心裏實在想邀遲生和他同到A地去住幾時，一則可以安慰他自家的寂寞，一則可以看守遲生的病體。

遲生聽了質夫的話，呆呆的對質夫看了一忽，好像心裏有兩個主意，在那裏戰爭，一霎時解決不下的樣子。質夫看了他這一副形容，更加覺得有一種熱情，湧上他的心來，便不知不覺的逼進一步說：「遲生你不必細想了，就答應了我罷。我們就同乘了這一隻船去。」

聽了這話，遲生反恢復了平時的態度，便含著了他固有的微笑說：「質夫，我們後會的日期正長得很，何必如此呢？我希望你到了A地之後，能把你日常的生活和心裏的變化，詳詳細細的寫信來通報我，我也可以一樣的寫信給你，這豈不和同住在一塊一樣麼？」

「話原是這樣說，但是我只怕兩人不見面的時候，感情就要疏冷下去。到了那時候，我對你和你對我的目下的熱情，就不得不被第三者奪去了。」

「要是這樣，我們兩個便算不得真朋友。人之相知，貴相知心，你難道還不能瞭解我的心麼？」

聽了這話，看看他那一雙水盈盈的瞳人，質夫忽然覺得感情激動起來，便把頭低下去，擱在他的肩上說：

「你說什麼話，要是我不能瞭解你，那我就不勸你同我去了。」

講到這裏，他的語聲同小孩悲咽時候似的發起顫來了。他就停著不再說下去、一邊卻把他的眼睛伏在遲生的肩上。遲生覺得有兩道同熱水似的熱氣浸透了他的魚白大衫和藍綢夾襖，傳到他的肩上去。遲生也覺得忍不住了，輕輕的舉起手來，在面上揩了一下，只呆呆的坐在那裏看那十燭光的電燈。這夜裏的空氣，覺得沉靜得同在墳墓裏一樣。艙外舷上忽有幾聲水手呼喚聲和起重機滾船索的聲音傳來，質夫知道船快開了，他想馬上站起來送遲生上船去，但是心裏又覺得這悲哀的甘味是不可多得的，無論如何總想多嘗一忽。照原樣的頭靠在遲生的肩上，一動也不動的坐了幾分鐘，質夫聽見房門外有人在那裏敲門。他抬起頭來問了一聲是誰，門外的人便應聲說：

「船快開了。送客的先生請上岸去吧。」

遲生聽了，就慢慢的站了起來，質夫也默默的不作一聲跟在遲生的後面，同他走上岸去。在灰黑的電燈光下同游水似的走到船側的跳板上的時候，遲生忽然站住了。質夫搶上了一步，又把遲生的手緊緊的捏住，遲生臉上起了兩處紅暈，幽幽揚揚的說：

「質夫，我終究覺得對你不起，不能陪你在船上安慰你的長途的寂寞……」

「你不要替我擔心思了，請你自家保重些。你上北京去的時候，千萬請你寫信來通知我。」

質夫一定要上岸來送遲生到碼頭外的路上。遲生怎麼也不肯，質夫只能站在船側，張大了兩眼，看遲生回去。遲生轉過了碼頭的堆棧，影子就小了下去，成了一點白點，向北在街燈光裏出沒了幾次。那白點漸漸遠了，更小了下去，過了六七分鐘，站在船舷上的質夫就看不見遲生了。

質夫呆呆的在船舷上站了一會、深深的呼了一口空氣，仰起頭來看見了幾顆明星在深藍的天空裏搖動，胸中忽然覺得悲慘起來。這種悲哀的感覺，就是質夫自身也不能解說，他自幼在日本留學，習慣了飄泊的生活，生離死別的情景，不知身嘗了幾多，照理論來，這一次與相交未久的吳遲生的離別，當然是沒有什麼悲傷的，但是他看看黃浦江上的夜景，看看一點一點小下去的吳遲生的瘦弱的影子，覺得將亡未亡的中國，將滅未滅的人類，茫茫的長夜，耿耿的秋星，都是傷心的種子。在這茫然不可捉摸的思想中間，他覺得他自家的黑暗的前程和吳遲生的纖弱的病體，更有使他淚落的地方。在船舷的灰色的空氣中站了一會，他就慢慢的走到艙裏去了。

二

長江輪船裏的生活，雖然沒有同海洋中間那麼單調，然而與陸地隔絕後的心境，到底比平時平靜。況且開船的第二天，天又降下了一天黃霧，長江兩岸的風景，如煙如夢的帶起傷慘的顏色來。

在這悲哀的背景裏，質夫把他過去幾個月的生活，同手卷中的畫幅一般回想出來了。

三月前頭住在東京病院裏的光景，出病院後和那少婦的關係，和污泥一樣的他的性欲生活，向善的焦躁與貪惡的苦悶，逃往鹽原溫泉前後的心境，歸國的決心。想到最後這一幕，他的憂鬱的面上，忽然露出一痕微笑來，眼看著了江上午後的風景，背靠著了甲板上的欄杆，他便自言自語的說：

「泡影呀，曇花呀，我的新生活呀！唉！唉！」

這也是質夫的一種迷信，當他決計想把從來的腐敗生活改善的時候，必要搬一次家，買幾本新書或是旅行一次。半月前頭，他動身回國的時候，也下了一次絕大的決心。他心裏想：

「我這一次回國之後，必要把舊時的惡習，改革得乾乾淨淨。戒煙戒酒戒女色。自家的品性上，也要加一段鍛煉，使我的朋友全要驚異說我是與前相反了。……」

到了上海之後，他的生活仍舊是與從前一樣，煙酒非但不戒下，並且更加加深了。女色雖然還沒有去接近，但是他的性欲，不過變了一個方向，依舊在那裏伸張。想到了這一個結果，他就覺得從前的決心，反成了一段諷刺，所以不覺嘆氣微笑起來。

嘆聲還沒有發完，他忽聽見人在他的左肩下問他說：

「Was seufzen Sie, Monsieur?」

（你為什麼要發嘆聲？）

轉過頭來一看，原來這船的船長含了微笑，站在他的邊上好久了，他因爲盡在那裏想過去的事情，所以沒有覺得。這船長本來是丹麥人，在德國的留背克住過幾年，所以德文講得很好。質夫今天早晨在甲板上已經同他講過話，因此這身材矮小的船長也把質夫當作了朋友。他們兩人講了些閒話，質夫就回到自己的艙裏來了。

吃過了晚飯，在官艙的起坐室裏看了一回書，他的思想又回到過去的生活上去，這一回的回想，卻集中在吳遲生一個人的身上。原來質夫這一次回國來，本來是爲轉換生活狀態而來，但是他正想動身的時候，接著了一封他的同學鄺海如的信說：

「我住在上海覺得苦得很。中國的空氣是同癩病院的空氣一樣，漸漸的使人腐爛下去。我不能再住在中國了。你若要回來，就請你來替了我的職，到此地來暫且當幾個月編輯吧。萬一你不願意住在上海，那麼A省的法政專門學校要聘你去做教員去。」

所以他一到上海，就住在他同學在那裏當編輯的T書局的編輯所裏。有一天晚上，他同鄺海如在外邊吃了晚飯回來的時候，在編輯所裏遇著了一個瘦弱的青年，他聽了這青年的同音樂似的話聲，就覺得被他迷住了。這青年就是吳遲生呀！過了幾天，他的同學鄺海如要回到日本去，他和吳遲生及另外幾個人在滙山碼頭送鄺海如的行，船開之後，他同吳遲生就同坐了電車，回到編輯所來。他看看吳遲生的蒼白的臉色和他的纖弱的身體，便問他說：

「吳君，你身體好不好？」

吳遲生不動神色的回答說：

「我是有病的，我害的是肺病。」

質夫聽了這話，就不覺張大了眼睛驚異起來。因爲有肺病的人，大概都不肯說自家的病的，但是吳遲生對了才遇見過兩次的新友，竟如舊交一般的把自家的秘密病都講了。質夫看了遲生的這種態度，心裏就非常愛他，所以就勸他說：

「你若害這病，那麼我勸你跟我上日本去養病去。」

他講到這裏，就把喬其・慕亞的一篇詩想了出來，他的幻想一霎時的發展開來了。

「日本的郊外雜樹叢生的地方，離東京不遠，坐高架電車不過四五十分鐘可達的地方，我願和你兩個人去租一間草舍兒來住。草舍的前後，要有青青的草地，草地的周圍，要有一條小小的清溪。清溪裏要有幾尾游魚。晚春時節，我好和你拿了鋤耜，把花兒向草地裏去種。在蔚藍的天蓋下，在和暖的熏風裏，我與你躺在柔軟的草上，好把那西洋的小曲兒來朗誦。初秋晚夏的時候，在將落未落的夕照中間，我好和你緩步逍遙，把落葉兒來數。冬天的早晨你未起來，我便替你做早飯，我不起來，你也好把早飯先做。我禮拜六的午後從學校裏回來，你好到冷靜的小車站上來候我。我和你去買些牛豚香片，便可作一夜的清談，談到禮拜的日中。書店裏若有外國的新書到來，我和你省幾日油鹽，可去買一本新書來消那無聊的夜永。……」

質夫坐在電車上一邊作這些空想，一邊便不知不覺的把遲生的手捏住了。他捏捏遲生的柔軟的小手，心裏又起了一種別樣的幻想。面上紅了一紅，把頭搖了一搖，他就對遲生問起無關緊要的話來：

「你的故鄉是在什麼地方？」

「我的故鄉是直隸鄉下，但是現在住在蘇州了。」

「你還有兄弟姊妹沒有？」

「有是有的，但是全死了。」

「你住在上海幹什麼？」

「我因爲北京天氣太冷，所以休了學，打算在上海過冬。並且這裏朋友比較得多一點，所以覺得住在上海比北京更好些。」

這樣的問答了幾句，電車已經到了大馬路外灘了。換了靜安寺路的電車在跑馬廳盡頭處下車之後，質夫就邀遲生到編輯所裏來閒談。從此以後，他們兩人的交際，便漸漸兒的親密起來了。

質夫的意思以爲大地間的情愛，除了男女的真真的戀愛外，以友情爲最美。他在日本飄流了十來年，從未曾得著一次滿足的戀愛，所以這一次遇見了吳遲生，覺得他的一腔不可發洩的熱情，得了一個可以自由灌注的目標，說起來雖是他平生的一大快事，但是亦是他半生淪落未曾遇著一個真心女人的哀史的證明。有一天晴朗的晚上，遲生到編輯所來和他談到夜半，質夫忽然想去洗澡去。邀了遲生和另外的兩個朋友出編輯所走到馬路上的時候，質夫覺得空氣冷涼得很，他便問遲生說：

「你冷麼？你若是怕冷，就鑽到我的外套裏來。」

遲生聽了，在蒼白的街燈光裏，對質夫看了一眼，就把他那纖弱的身體倒在質夫的懷裏。質夫覺得有一種不可名狀的快感，從遲生的肉體傳到他的身上去。

他們出浴堂已經是十二點鐘了。走到三岔路口，要和遲生分手的時候，質夫覺得怎麼也不能放遲生一個人回去，所以他就把遲生的手捏住說：

「你不要回去了，今天同我們上編輯所去睡吧。」

遲生也像有遲疑不忍回去的樣子，質夫就用了強力把他拖來了。那一天晚上他們談到午前五點鐘才睡著。過了兩天，A地就有電報來催，要質夫上A地的法政專門學校去當教員。

三

質夫登船後第三天的午前三點鐘的時候，船到了A地。在昏黑的輪船碼頭上，質夫辨不出方向來，但看見有幾顆淡淡的明星印在清冷的長江波影裏。離開了碼頭上的嘈雜的群眾，跟了一個法政專門學校裏托好在那裏招待他的人上岸之後，他覺得晚秋的涼氣，已經到了這長江北岸的省城了。在碼頭近旁一家同十八世紀的英國鄉下的旅舍似的旅館裏住下之後，他心裏覺得孤寂得很。他本來是在大都會裏生活慣的人，在這夜靜更深的時候，到了這一處不鬧熱的客舍內，從微明的洋燈影裏，看看這客室裏的粗略的陳設，心裏當然是要驚惶的。一個招待他的酣睡未醒的人，對他說了幾句話，從他的房裏出去之後，他真覺得是闖入了龍王的水牢裏的樣子，他的臉上不覺有兩顆珠淚滾下來了。

「要是遲生在這裏，那我就不會這樣的寂寞了。啊，遲生，這時候怕你正在電燈底下微微的笑著，在那裏做好夢呢！」

在床上橫靠了一忽，質夫看見格子窗一格一格的亮了起來，遠遠的雞鳴聲也聽得見了。過了一會，有一部運載貨物的單輪車，從窗外推過了，這車輪的僕獨僕獨的響聲，好像是在那裏報告天晴的樣子。

侵旦旅館裏有些動靜的時候，從學校裏差來接他的人也來了。把行李交給了他，質夫就坐了一乘人力車上學校裏去。沿了長江，過了一條店家還未起來的冷清的小街，質夫的人力車就折向北去。車並著了一道城外的溝渠，在一條長堤上慢慢前進的時候，他就覺得元氣恢復起來了。看看東邊，以濃藍的天空作了背景的一座白色的寶塔，把半規初出的太陽遮在那裏。西邊是一道古城，城外環繞著長溝，遠近只有些起伏重疊的低崗和幾排鵝黃疏淡的楊柳點綴在那裏。他抬起頭來遠遠見了幾家如裝在盆景假山上似的草舍。看看城牆上孤立在那裏的一排電杆和電線，又看看遠處的地平線和一彎蒼茫無際的碧落，覺得在這自然的懷抱裏，他的將來的成就定然是不少的。不曉是什麼原因，不知不覺他竟起了一種感謝的心情。過了一忽，他忽然自言自語的說：

「這謙虛的情！這謙虛的情！就是宗教的起源呀！淮爾特（Wilde）呀，佛爾蘭（Verlaine）呀！

你們從獄裏叫出來的『要謙虛』（Be humble）的意思我能瞭解了。」

車到了學校裏，他就通名刺進去。跟了門房，轉了幾個彎，到了一處門上掛著「教務長」牌的房前的時候，他心裏覺得不安得很。進了這房，他看見一位三十上下的清瘦的教務長迎了出來。這教務長帶著一副不深的老式近視眼鏡，口角上有兩叢微微的鬍鬚黑影，講一句話，眼睛必開閉幾次。質夫因爲是初次見面，所以應對非常留意，格外的拘謹。講了幾句尋常套話之後，他就領質夫上正廳上去吃早飯。在早膳席上，他爲質夫介紹了一番。質夫對了這些新見的同事，胸中感得一種異常的壓迫，他一個人心裏想：

「新媳婦初見姑嫂的時候，她的心理應該同我一樣的。唉，在山泉水清，出山泉水濁，我還不如什麼事也不幹，一個人回到家裏去貪懶的好。」

吃了早膳，把行李房屋整頓了一下，姓倪的那教務長就把功課時間表拿了過來。卻好那一天是禮拜，質夫就預備第二日去上課。倪教務長把編講義上課的情形講了一遍之後，便輕輕的對質夫說：「現在我們校裏正是五風十雨的時候，上課時候的講義，請你用全副精神來對付。禮拜三用的講義，是要今天發才趕得及，請你快些預備吧。」

他出去停了兩個鐘頭，又跑上質夫那邊來，那時候質夫已有一頁講義編好了。倪教務長拿起這頁講義來看的時候，神經過敏而且又是自尊心頗強的質夫，覺得被他侮辱了。但是一邊心裏又在那裏恐懼，這種複雜的心理狀態，怕沒有就過事的人是不能瞭解的。他看了講義之後，也不說好，也不說不好，但是質夫的纖細的神經卻告訴質夫說：

「可以了，可以了，他已經滿足了。」

恐懼的心思去了之後，質夫的自尊心又長了一倍，被侮辱的心思比從前也加一倍抬起頭來，但是一種自然的勢力，把這自尊心壓了下去，教他忍受了。這教他忍受的心思，大約就是卑鄙的行爲的原動力，若再長進幾級，就不得不變成奴隸性質。現在社會上的許多成功者，多因爲有這奴隸性質，才能成功，質夫初次的小成功，大約也是靠他這時候的這點奴隸性質而來的。

這一天晚上質夫上床的時候，卻有兩種矛盾的思想，在他的胸中來往。一種是恐懼的心思，就是怕學生不能贊成他。一種是喜悅的心思，就是覺得自家是專門學校的教授了。正在那裏想的時候，他覺得有一個人鑽進他的被來，他閉著眼睛，伸手去一摸，卻是吳遲生。他和吳遲生顛顛倒倒的講了許多話。到了第二天的早晨，齋夫進房來替他倒洗面水，他被齋夫驚醒的時候，才知道是一場好夢，他醒來的時候，兩隻手還緊緊的抱住在那裏。

第二次上課鐘打後，質夫跟了倪教務長去上課去。倪教務長先替他向學生介紹了幾句，出課堂門去了，質夫就踏上講壇去講。這一天因爲沒有講義稿子，所以他只空說了兩點鐘。正在那裏講的時候，質夫覺得有一種想博人歡心的虛僞的態度和言語，從他的面上口裏流露出來。他心裏一邊在那裏鄙笑自家，一邊卻怎麼也禁不住這一種態度和這一種言語。大約這一種心理和前節所說的忍受的心理就是構成奴隸性質的基礎吧？

好容易破題兒的第一天過去了。到了晚上九點鐘的時候，倪教務長的蒼黃的臉上浮著了一臉微笑，跑上質夫房裏來。質夫匆忙站起來讓他坐下之後，倪教務長便用了日本話，笑嘻嘻的對質夫說：「你成功了。你今天大成功，你所教的幾班，都來要求加鐘點了。」

質夫心裏雖然非常喜歡，但是面上卻只裝著一種漠不相關的樣子。倪教務長到了這時候，也沒有什麼隱瞞了，便把學校裏的內情全講了出來。

「我們學校裏，因爲陸校長今年夏天同軍閥李星狼麥連邑打了一架，並反對違法議員和驅逐李麥的走狗韓省長的原因，沒有一天不被軍閥所仇視。現在李麥和那些議員出了三千元錢，買收了幾個學生，想在學校裏搗亂。所以你沒有到的幾天，我們是一夕數驚，在這裏防備的。今年下半年新聘了幾個先生，又是招怪，都不能得學生的好感。所以要是你再受他們學生的攻擊，那我們在教課上就站不住了。一個學校中，若聘的教員不能得學生的好感，教課上不能銅牆鐵壁的站住，風潮起來的時候，那你還有什麼法子？現在好了，你總站得住了，我也大可以放心了。呵呵呵呵（底下又用了一句日本話），你成功了呀！」

質夫聽了這些話，因爲不曉得這A省的情形，所以也不十分明瞭，但是倪教務長對質夫是很滿足的一件事情，質夫明明在他的言語態度上可以看得出來。從此質夫當初所懷著的那一種對學生對教務長的恐懼心，便一天一天的減少下去了。

四

學校內外浮蕩著的暗雲，一層一層的緊迫起來。本來是神經質的倪教務長和態度從容的陸校長常常在那裏作密談。質夫因爲不諳那學校的情形，所以也沒有什麼懼怕，盡在那裏幹他自家一個人的事。

初到學校後二三天的緊張的精神，漸漸的弛緩下去的時候，質夫的許久不抬頭的性欲，又露起頭角來了。因爲時間與空間的關係，吳遲生的印象一天一天在他的腦海裏消失下去。於是代此而興，支配他的全體精神的欲情，便分成了二個方向一起作用來。一種是純一的愛情，集中在他的一個年輕的學生身上。一種是間斷偶發的衝動。這種衝動發作的時候，他竟完全成了無理性的野獸，非要到城裏街上，和學校附近的鄉間的貧民窟裏去亂跑亂跳走一次，偷看幾個女性，不能把他的性欲的衝動壓制下去。

有一天晚上，正是這衝動發作的時候，倪教務長不聲不響的走進他的房裏來忠告他說：

「質夫，你今天晚上不要跑出去。我們得著了一個消息，說是幾個被李麥買取了的學生，預備今晚起事，我們教職員還是住在一處，不要出去的好。」

質夫在房裏電燈下坐著，守了一個鐘頭，覺得苦極了。他對學校的風潮，還未曾經驗過，所以並沒有什麼害怕，並且因爲他到這學校不久，纏繞在這學校周圍的空氣不能明白，所以更無危懼的心思。他聽了倪教務長的話之後，只覺得有一種看熱鬧的好奇心起來，並沒有別的觀念。同西洋小孩在耶誕節的晚上盼望聖誕老人到來的樣子，他反而一刻一刻的盼望這搗亂事件快些出現。

等了一個鐘頭，學校裏仍沒有什麼動靜，他的好奇心，竟被他原有的衝動的發作壓倒了。他從座位裏站了起來，在房裏走了幾圈，又坐了一忽，又站起來走了幾圈，覺得他的獸性，終究壓不下去。換了一套中國衣服，他便悄悄的從大門走了出去。濃藍的天影裏，有幾顆游星在那裏開閉。學校附近的郊外的路上黑得可怕。幸虧這一條路是沿著城牆溝渠的，所以黑暗中的城牆的輪廓和黑沉沉的城池的影子，還當作了他的行路的目標。

他同瞎子似的在不平的路上跌了幾腳，踏了幾次空，走到北門城門外的時候，忽然想起城門是快要閉了。若或進城去，他在城裏又無熟人，又沒有法子弄得到一張出城劵，事情是不容易解決的。所以在城門外遲疑了一會，他就回轉了腳，一直沿了向北的那一條鄉下的官道跑去。跑了一段，他跑到一處狹的街上了。他以爲這樣的城外市鎮裏，必有那些奇形怪狀的最下流的婦人住著，他的衝動的目的物，正是這一流婦人。但是他在黃昏的小市上，跑來跑去跑了許多時候，終究尋不出一個婦人來。有時候雖有一二個蓬頭的女子走過，卻是人家的未成年的使婢。他在街上走了一會，又穿到漆黑的側巷裏去走了一會，終究不能達到他的目的。在一條無人通過的漆黑的側巷裏站著，他仰起頭來看看幽遠的天空，便輕輕的嘆著說：

「我在外國苦了這許多年數，如今到中國來還要吃這樣的苦。唉！我何苦呢，可憐我一生還未曾得著女人的愛惜過。啊，戀愛呀，你若可以學識來換的，我情願將我所有的知識，完全交出來，與你換一個有血有淚的擁抱。啊！戀愛呀，我恨你是不能糊塗了事的。我恨你是不能以資格地位名譽來換的。我要滅這一層煩惱，我只有自殺……」

講到了這裏，他的面上忽然滾下了兩粒粗淚來。他覺得站在這裏，終究不是長久之計，就又同餓犬似的走上街來了。垂頭喪氣的正想回到校裏來的時候，他忽然看見一家小小的賣香煙洋貨的店裏，有一個二十五六的女人坐在灰黃的電燈下，對了賬簿算盤在那裏結賬。他遠遠的站在街上看了一忽，走來走去的走了幾次，便不聲不響的踱進了店去。那女人見他進去，就丟下了賬目來問他：

「要買什麼東西？」

先買了幾封香煙，他便對那女人呆呆的看了一眼。由他這時候的眼光看來，這女人的容貌卻是商家所罕有的。其實她也只是一個平常的女人，不過身材生得小，所以俏得很，衣服穿得還時髦，所以覺得有些動人的地方。

他如餓犬似的貪看了一二分鐘，便問她說：

「你有針賣沒有？」

「是縫衣服的針麼？」

「是的，但是我要一個用熟的針，最好請你賣一個新針給我之後，將拿新針與你用熟的針交換一下。」

那婦人便笑著回答說：

「你是拿去煮在藥裏的麼？」

他便含糊的答應說：

「是的是的，你怎麼知道？」

「我們鄉下的仙方裏，老有這些玩意兒的。」

「不錯不錯，這針倒還容易辦得到，還有一件物事，可真是難辦。」

「是什麼呢？」

「是婦人們用的舊手帕，我一個人住在這裏，又無朋友，所以這物事是怎麼也求不到的，我已經決定不再去求了。」

「這樣的也可以的麼？」

一邊說，一邊那婦人從她的口袋裏拿了一塊洋布的舊手帕出來。

質夫一見，覺得胸前就亂跳起來，便漲紅了臉說：

「你若肯讓給我，我情願買一塊頂好的手帕來和你換。」

「那請你拿去就對了，何必換呢。」

「謝謝，謝謝，真真是感激不盡了。」

質夫得了她的用舊的針和手帕，就跌來碰去的奔跑回家。路上有一陣涼冷的西風，吹上他的微紅的臉來，那時候他覺得爽快極了。

回到了校內，他看看還是未曾熄燈。幽幽的回到房裏，閂上了房門，他馬上把騙來的那用舊的針和手帕從懷中取了出來。在桌前椅子上坐下，他就把那兩件寶物掩在自家的口鼻上，深深地聞了一回香氣。他又忽然注意到了桌上立在那裏的那一面鏡子，心裏就馬上想把現在的他的動作一一的照到鏡子裏去。取了鏡子，把他自家的痴態看了一忽，他覺得這用舊的針子，還沒有用得適當。呆呆的對鏡子看了一二分鐘，他就狠命的把針子向頰上刺了一針。本來爲了興奮的緣故，變得一塊紅一塊白的面上，忽然滾出了一滴同瑪瑙珠似的血來。他用那手帕揩了之後，看見鏡子裏的面上又滾了一顆圓潤的血珠出來。對著了鏡子裏的面上的血珠，看看手帕上的腥紅的血跡，聞聞那舊手帕和針子的香味，想想那手帕的主人公的態度，他覺得一種快感，把他的全身都浸遍了。

不多一忽，電燈熄了，他因爲怕他現在所享受的快感要被打斷，所以動也不動的坐在黑暗的房裏，還在那裏貪嘗那變態的快味。打更的人打到他的窗下的時候，他才同從夢裏頭醒來的人一樣，抱著了那針子和手帕摸上他的床上去就寢。

五

清秋的好天氣一天一天的連續過去，A地的自然景物，與質夫生起情感來了。學生對質夫的感情，也一天一天的濃厚起來，吃過晚飯之後，在學校近旁的菱湖公園裏，與一群他所愛的青年學生，看看夕陽返照在殘荷枝上的暮景，談談異國的流風遺韻，確是平生的一大快事。質夫覺得這一班知識欲很旺的青年，都成了他的親愛的兄弟了。

有一天也是秋高氣爽的晴朗的早晨，質夫與雀鳥同時起了床。盥洗之後，便含了一枝伽利克，緩緩的走到菱湖公園去散步去。東天角上，太陽剛才起程，銀紅的天色漸漸的向西薄了下去，成了一種淡青的顏色。遠近的泥田裏，還有許多荷花的枯幹同魚柵似的立在那裏。遠遠的山坡上，有幾隻白色的山羊同神話裏的風景似的在那裏吃枯草。他從學校近旁的山坡上，一直沿了一條向北的田塍細路走了過去，看看四周的田園情景，想想他目下所處的境遇，質夫覺得從前在東京的海岸酒樓上，對著了夕陽發的那些牢騷，不知消失到什麼地方去了。

「我也可以滿足了，照目下的狀態能夠持續得一二十年，那我的精神，怕更要發達呢。」

穿過了一條紅橋，在一個空亭裏立了一會，他就走到公園中心的那條柳蔭路上去。回到學校之後，他又接著了一封從上海來的信，說他著的一部小說集已經快出版了。

這一天午後他覺得精神非常爽快，所以上課的時候竟多講了十分鐘，他看看學生的面色，也都好像是很滿足的樣子。正要下課堂的時候，他忽聽見前面寄宿舍和事務室的中間的通路上，有一陣搖鈴的聲音和學生喧鬧的聲音傳了過來。他下了課堂，拿了書本跑過去一看，只見一群學生圍著了一個青臉的學生在那裏吵鬧。那青臉的學生，面上帶著一味殺氣。他的頰下的一條刀傷痕更形容得他的獰惡。一群圍住他的學生都摩拳擦掌的要打他。質夫看了一會，不曉得是怎麼一回事，正在疑惑的時候，看見他的同鄉教體操的王先生，從包圍在那裏的學生叢中，闢開了一條路，擠到那被包圍的青臉學生面前，不問皂白，把那學生一把拖了到教員的議事廳上去。一邊質夫又看見他的同事的監學唐伯名溫溫和和的對一群激憤的學生說：

「你們不必動氣，好好兒的回到自修室去罷，對於江傑的搗亂，我們自有辦法在這裏。」

一半學生回自修室去了，一半學生跟在那青臉的學生後面叫著說：

「打！打！」

「打！打死他。不要臉的。受了李麥的金錢，你難道想賣同學麼？」

質夫跟了這一群學生跑到議事廳上，見他的同事都立在那裏。

同事中的最年長者，帶著一副墨眼鏡，頭上有一塊禿的許明先，見了那青臉的學生，就對他說：「你是一個好好的人，家裏又還可以，何苦要幹這些事呢？開除你的是學校的規則，並不是校長。錢是用得完的，你們年輕的人還是名譽要緊。李麥能利用你來搗亂學校，也定能利用別人來殺你的，你何苦去幹這些事呢？」

許明先還沒有說完，門外站著的學生都叫著說：

「打！」

「李麥的走狗！」

「不要臉的，搖一搖鈴三十塊錢，你這買賣真好啊。」

「打打！」

許明先聽了門外學生的叫喚，便出來對學生說：

「你們看我面上，不要打他，只要他能悔過就對了。」

許明先一邊說一邊就招那青臉的學生——名叫江傑——出來，對眾謝罪。謝罪之後，許明先就護送他出門外，命令他以後不准再來，江傑就垂頭喪氣的走了。

江傑走後，質夫從學生和同事的口頭聽來，才知道這江傑本來也是校內的學生，因爲鬧事的緣故，在去年開除的。現在他得了李麥的錢，以要求復學爲名，想來搗亂，與校內八九個得錢的學生約好，用搖鈴作記號，預備一齊鬧起來的。質夫聽了心裏反覺得好笑，以爲像這樣的鬧事，便鬧死也沒有什麼。

過了三四天，也是一天晴朗的早晨十點鐘的時候，質夫正在預備上課，忽然聽見幾個學生大聲哄號起來。質夫出來一看，見議事廳上有八九個長大的學生，吃得酒醉醺醺，頭向了天，帶著了笑容，在那裏哄號。不過一二分鐘，教職員全體和許多學生都跑向議事廳來。那八九個學生中間的一個最長的人便高聲的對眾人說：

「我們幾個人是來搬校長的行李的。他是一個過激黨，我們不願意受過激黨的教育。」

八九個中的一個矮小的人也對眾人說：

「我們既然做了這事，就是不怕死的。若有人來攔阻我們，那要對他不起。」

說到這裏，他在馬褂袖裏，拿了一把八寸長的刀出來。質夫看著門外站在那裏的學生，起初同蜂巢裏的雄蜂一樣，還有些喃喃吶吶的聲音，後來看了那矮小的人的小刀，就大家靜了下去。質夫心裏有點不平，想出來講幾句話，但是被他的同鄉教體操的王先生拖住了。王先生對他說：

「事情到了這樣，我與你站出去也壓不下來了。我們都是外省人，何苦去與他們爲難呢？他們本省的學生，尙且在那裏旁觀。」

那八九個學生一霎時就打到議事廳間壁的校長房裏去，卻好這時候校長還不在家，他們就把校長的鋪蓋捆好了。因爲那一個拿刀的人在門口守著。所以另外的人一個人也不敢進到校長房裏去攔阻他們。那八九個學生同做新戲似的笑了一聲，最後跟著了那個拿刀的矮子，抬了校長的被褥，就慢慢的走出門去了。等他們走了之後，倪教務長和幾個教員都指揮其餘的學生，不要紊亂秩序，依舊去上課去。上了兩個鐘頭課，吃午膳的時候，教職員全體主張停課一二天以觀大勢。午後質夫得了這閒空時間，倒落得自在，便跑上西門外的大觀亭去玩去了。

大觀亭的前面是汪洋的江水。江中靠右的地方，有幾個沙渚浮在那裏。陽光射在江水的微波上，映出了幾條反射的光線來。洲渚上的葦草，也有頭白了的，也有作青黃色的，遠遠望去，同一片平沙一樣。後面有一方湖水，映著了青天，靜靜的躺在太陽的光裏。沿著湖水有幾處小山，有幾處黃牆的寺院。看了這後面的風景，質夫忽然想起在洋畫上看見過的瑞士四林湖的山水來了。一個人逛到傍晚的時候，看了西天日落的景色，他就回到學校裏來。一進校門，遇著了幾個從裏面出來的學生，質夫覺得那幾個學生的微笑的目光，都好像在那裏哀憐他的樣子。他胸裏感著一種不快的情懷，覺得是回到了不該回的地方來了。

吃過了晚飯，他的同事都鎖著了眉頭，議論起那八九個學生搬校長鋪蓋時候的情形和解決的方法來。質夫脫離了這議論的團體，私下約了他的同鄉教體操的王亦安，到菱湖公園去散步去。太陽剛才下山，西天還有半天金赤的餘霞留在那裏。天蓋的四周，也染了這餘霞的返照，映出一種紫紅的顏色來。天心裏有大半規月亮白洋洋地掛著，還沒有放光。田塍路的角裏和枯荷枝的腳上，都有些薄暮的影子看得出來了。質夫和亦安一邊走一邊談，亦安把這次風潮的原因細細的講給了質夫聽：

「這一次風潮的歷史，說起來也長得很。但是它的原因，卻伏在今年六月裏，當李星狼麥連邑殺學生蔣可奇的時候。那時候陸校長講的幾句話是的確厲害的。因爲議員和軍閥殺了蔣可奇，所以學生聯合會有澄清選舉反對非法議員的舉動。因爲有了這舉動，所以不得不驅逐李麥的走狗想來召集議員的省長韓上成。因這幾次政治運動的結果，軍閥和議員的怨恨，都結在陸校長一人的身上。這一次議員和軍閥想趁新省長來的時候，再開始活動，所以首先不得不去他們的勁敵陸校長。我聽見說這幾個學生從議員處得了二百元錢一個人。其餘守中立的學生，也有得著十元十五元的。他們軍閥和議員，連員警廳都買通了的，我聽見說，今天北門站崗的巡警一個人還得著二元賄賂呢。此外還有想奪這校長做的一派人，和同陸校長倪教務長有反感的一派人也加在內，你說這風潮的原因複雜不複雜？」

穿過了公園西北面的空亭，走上園中大路的時候，質夫邀亦安上東面水田裏的純陽閣裏去。

夜陰一刻一刻的深了起來，月亮也漸漸的放起光來了。天空裏從銀紅到紫藍，從紫藍到淡青的變了好幾次顏色。他們進純陽閣的時候，屋內已經漆黑了。從黑暗中摸上了樓。他們看見有一盞菜油燈點在上首的桌上。從這一粒微光中照出來的紅漆的佛座，和桌上的供物，及兩壁的幡對之類，都帶著些神秘的形容。

亦安向四周看了一看，對質夫說：

「純陽祖師的籤是非常靈的，我們各人求一張吧。」

質夫同意了，得了一張三十八籤中吉。

他們下樓走到公園中間那條大路的時候，星月的光輝，已經把道旁的楊柳影子印在地上了。

鬧事之後，學校裏停了兩天課。到了禮拜六的下午，教職員又開了一次大會，決定下禮拜一暫且開始上課一禮拜，若說官廳沒有適當的處置，再行停課。正是這一天的晚上八點鐘的時候，質夫剛在房裏看他的從外國寄來的報，忽聽見議事廳前後，又有哄號的聲音傳了過來。他跑出去一看，只見有五六個穿農夫衣服，相貌獰惡的人，跟了前次的八九個學生，在那裏亂跳亂叫。當質夫跑近他們身邊的時候，八九個人中最長的那學生就對質夫拱拱手說：

「對不起，對不起，請老師不要驚慌，我們此次來，不過是爲搬教務長和監學的行李來的。」

質夫也著了急，問他們說：

「你們何必這樣呢？」

「實在是對老師不起！」

那一個最長的學生還沒有說完，質夫看見有一個農夫似的人跑到那學生身邊說：

「先生，兩個行李已經搬出去了，另外還有沒有？」

那學生卻回答說：

「沒有了，你們去吧。」

這樣的下了一個命令，他又回轉來對質夫拱了一拱手說：

「我們實在也是出於不得已，只有請老師原諒原諒。」

又拱了拱手，他就走出去了。

這一天晚上，行李被他們搬去的倪教務長和柳監學二人都不在校內。鬧了這一場之後，校內同暴風過後的海上一樣，反而靜了下去。王亦安和質夫同幾個同病相憐的教員，合在一處談議此後的處置。質夫主張馬上就把行李搬出校外，以後絕對的不再來了。王亦安光著眼睛對質夫說：

「不能不能，你和希聖怎麼也不能現在搬出去。他們學生對希聖和你的感情最好。現在他們中立的多數學生，正在那裏開會，決計留你們幾個在校內，仍復繼續替他們上課。並且有人在大門口守著，不准你們出去。」

中立的多數學生果真是像在那裏開會似的，學校內瀰漫著一種緊迫沉默的空氣，同重病人的房裏沉默著的空氣一樣。幾個教職員大家合議的結果，議決方希聖和于質夫二人，於晚上十二點鐘乘學生全睡著的時候出校，其餘的人一律於明天早晨搬出去。

天瀟瀟的下起雨來了。質夫回到房裏，把行李物件收拾了一下，便坐在電燈下連連續續的吸起煙來。等了好久，王亦安輕輕的來說：

「現在可以出去了。我陪你們兩個人出去，希聖立在桂花樹底下等你。」

他們三人輕輕的走到門口的時候，門房裏忽然走出了一個學生來問說：

「三位老師難道要出去麼？我是代表多數同學來求三位老師不要出去的。我們總不能使他們幾個學生來破壞我們的學校，到了明朝，我們總要想個法子，要求省長來解決他們。」

講到這裏，那學生的眼睛已有一圈紅了。王亦安對他作了一揖說：

「你要是愛我們的，請你放我們走罷，住在這裏怕有危險。」

那學生忽然落了一顆眼淚，咬了一咬牙齒說：

「既然這樣，請三位老師等一等，我去尋幾位同學來陪三位老師進城，夜深了，怕路上不便。」

那學生跑進去之後，他們三人馬上叫門房開了門，在黑暗中冒著雨就走了。走了三五分鐘，他們忽聽見後面有腳步聲在那裏追逐，他們就放大了腳步趕快走去，同時後面的人卻叫著說：

「我們不是壞人，請三位老師不要怕，我們是來陪老師們進城的。」

聽了這話，他們的腳步便放小來。質夫回頭來一看，見有四個學生拿了一盞洋油行燈，跟在他們的後面。其中有二個學生，卻是質夫教的一班裏的。

六

第二天的午後，從學校裏搬出來的教職員全體，就上省長公署去見新到任的省長。那省長本來是質夫的胞兄的朋友，質夫與他亦曾在西湖上會過的。歷任過交通司法總長的這省長，講了許多安慰教職員的話之後，卻作了一個「總有辦法」的回答。

質夫和另外的幾個教職員，自從學校裏搬出來之後，便同喪家之犬一樣，陷到了去又去不得留又不能留的地位。因爲連續的下了幾天雨，所以質夫只能蟄居在一家小客棧裏，不能出去閒逛。他就把他自己與另外的幾個同事的這幾日的生活，比作了未決囚的生活。每自嘲自慰的對人說：

「文明進步了，目下教員都要蒙塵了。」

性欲比人一倍強盛的質夫，處了這樣的逆境，當然是不能安分的。他竟瞞著了同住的幾個同事，到娼家去進出起來了。

從學校裏搬出來之後，約有一禮拜的光景。他恨省長不能速行解決鬧事的學生，所以那一天晚上吃晚飯的時候就多喝了幾杯酒。這興奮劑一下喉，他的獸性又起作用來，就獨自一個走上一位帶有家眷的他的同事家裏去。那一位同事本來是質夫在A地短時日中所得的最好的朋友。質夫上他家去，本來是有一種漠然的預感和希望懷著，坐談了一會，他竟把他的本性顯露了出來，那同事便用了英文對他說：

「你既然這樣的無聊，我就帶你上班子裏逛去。」

穿過了幾條街巷，從一條狹而又黑的巷口走進去的時候，質夫的胸前又跳躍起來，因為他雖在日本經過這種生活，但是在他的故國，卻從沒有進過這些地方。走到門前有一處賣香煙橘子的小鋪和一排人力車停著的一家牆門口，他的同事便跑了進去。他在門口仰起頭來一看，門楣上有一塊白漆的馬口鐵寫著「鹿和班」的三個紅字，掛在那裏，他遲了一步，也跟著他的同事進去了。

坐在門裏兩旁的幾個奇形怪狀的男人，看見了他的同事和他，便站了起來，放大了喉嚨叫著說：

「引路！荷珠姑娘房裏。吳老爺來了！」

他的同事吳風世不慌不忙的招呼他進了一間二丈來寬的房裏坐下之後，便用了英文問他說：

「你要怎麼樣的姑娘？你且把條件講給我聽，我好替你介紹。」

質夫在一張紅木椅上坐定後，便也用了英文對吳風世說：

「這是你情人的房麼？陳設得好精緻，你究竟是一位有福的嫖客。」

「你把條件講給我聽罷，我好替你介紹。」

「我的條件講出來你不要笑。」

「你且講來吧。」

「我有三個條件，第一要她是不好看的，第二要年紀大一點，第三要客少。」

「你倒是一個老嫖客。」

講到這裏，吳風世的姑娘進房來了。她頭上梳著辮子，皮色不白，但是有一種婉轉的風味。穿的是一件蝦青大花的緞子夾衫，一條玄色素緞的短腳褲。一進房就對吳風世說：

「說什麼鬼話，我們不懂的呀！」

「這一位于老爺是外國來的，他是外國人，不懂中國話。」

質夫站起來對荷珠說：

「假的假的，吳老爺說的是謊，你想我若不懂中國話，怎麼還要上這裏來呢？」

荷珠笑著說：

「你究竟是不是中國人？」

「你難道還在疑心麼？」

「你是中國人，你何以要穿外國衣服？」

「我因爲沒有錢做中國衣服。」

「做外國衣服難道不要錢的麼？」

吳風世聽了一忽，就叫荷珠說：

「荷珠，你給于老爺薦舉一個姑娘吧。」

「于老爺喜歡怎麼樣的？碧玉好不好？春紅？香雲？海棠？」

吳風世聽了海棠兩字，就對質夫說：

「海棠好不好？」

質夫回答說：

「我又不曾見過，怎麼知道好不好呢？海棠與我提出的條件合不合？」

吳風世便大笑說：

「條件悉合，就是海棠罷。」

荷珠對她的假母說：

「去請海棠姑娘過來。」

假母去了一忽回來說：

「海棠姑娘在那裏看戲，打發人去叫去了。」

從戲院到那鹿和班來回總有三十分鐘，這三十分鐘中間，質夫覺得好像是被懸掛在空中的樣子，正不知如何的消遣才好。他講了些閒話，一個人覺得無聊，不知不覺，就把兩隻手抱起膝來。

吳風世看了他這樣子，就馬上用了英文警告他說：

「不行不行，抱膝的事，在班子裏是大忌的。因爲這是閒空的象徵。」

質夫聽了，覺得好笑，便也用了英文問他說：

「另外還有什麼禮節沒有？請你全對我說了罷，免得被她們姑娘笑我。」

正說到這裏，門簾開了，走進了一個年約二十二三，身材矮小的姑娘來。她的青灰色的額角廣得很，但是又低得很，頭髮也不厚，所以一眼看來，覺得她的容貌同動物學上的原始猴類一樣。一雙魯鈍掛下的眼睛，和一張比較長狹的嘴，一見就可以知道她的性格是忠厚的。她穿的是一件明藍花緞的夾襖，上面罩著一件雪色大花緞子的背心，底下是一條雪灰的牡丹花緞的短腳褲。她一進來，荷珠就替她介紹說：

「對你的是這一位于老爺，他是新從外國回來的。」

質夫心裏想，這一位大約就是海棠了。她的面貌卻正合我的三個條件，但是她何以會這樣一點兒嬌態都沒有。海棠聽了荷珠的話，也不做聲，只呆呆的對質夫看了一眼。荷珠問她今天晚上的戲好不好，她就顯出了一副認真的樣子，說今晚上的戲不好，但是新上臺的《小放牛》卻好得很，可惜只看了半齣，沒有看完。

質夫聽了她那慢慢的無嬌態的話，心裏覺得奇怪得很，以為她不像妓院裏的姑娘。吳風世等她講完了話之後，就叫她說：

「海棠！到你房裏去罷，這一位于老爺是外國人，你可要待他格外客氣才行。」

質夫、風世和荷珠三人都跟了海棠到她房裏去。質夫一進海棠的房，就看見一個四十上下的女人，鼻上起了幾條皺紋，笑嘻嘻的迎了出來。她的青青的面色，和角上有些吊起的一雙眼睛，薄薄的淡白的嘴唇，都使質夫感著一種可怕可惡的印象，她待質夫也很殷勤，但是質夫總覺得她是一個惡人。

在海棠房裏坐了一個多鐘頭，講了些無邊無際的話，質夫和風世都出來了。一出那條狹巷，就是大街，那時候街上的店鋪都已閉門，四圍靜寂得很，質夫忽然想起了英文的「dead city」②兩個字來，他就幽幽的對風世說：

「風世！我已經成了一個living corpse③了。」

走到十字路口，質夫就和風世分了手。他們兩個各聽見各人的腳步聲漸漸兒的低了下去，不多一忽，這入人心脾的足音，也被黑暗的夜氣吞沒下去了。

一九二二年二月

注釋

①本篇最初發表於一九二二年三月十五日《創造》季刊第一卷第一期。

②英文：死城。

③英文：行屍走肉。

秋柳①

一

一間黑漆漆的不大不小的地房裏，搭著幾張縱橫的床鋪。與房門相對的北面壁上有一口小窗，從這窗裏射進來的十月中旬的一天晴朗的早晨的光線，在小窗下的床上照出了一個二十五六歲的青年的睡容來。這青年的面上帶著疲倦的樣子，本來沒有血色的他的睡容，因爲房內的光線不好，更蒼白得怕人。他的頭上的一頭漆黑粗長的頭髮，便是他的唯一的美點，蓬蓬的散在一個白布的西洋枕上。房內還有兩張近房門的床鋪，被褥都已折疊得整整齊齊，每日早起慣的這兩張床的主人，不知已經往什麼地方去了。這三張床鋪上都是沒有蚊帳的。

房裏有的兩張桌子，一張擺在北面的牆壁下，靠著那青年睡著的床頭，一張係擺在房門邊上的。兩張桌子上攤著些肥皂盒子，鏡子，紙煙罐，文房具，和幾本《定盦全集》《唐詩選》之類。靠著北面牆壁的那張桌子，大約是睡在床上的青年專用的，因爲在那些雜亂的罐盒書籍的中間有一冊紅皮面的洋書和一冊淡綠色的日記，在那黑暗的室內放異樣的光彩。日記上面記著兩排橫字，「一九二一年日記」「于質夫」。洋書的名目是《The Earthly Paradise》By William Morris②。

這地房只有一扇朝南的小門，門外就是階簷，簷外便是天井。從天井裏射進來的太陽光線，漸漸的照到地房裏來，地房裏浮動著的塵埃在太陽光線裏看得出來了。

床上睡著的青年開了半隻眼睛，向門外一望，覺得陽光強烈，射得眼睛開不開來。朝裏翻了一轉身，他又嘶嘶的睡著了。正是早晨九點三五十分的樣子，在僻靜的巷內的這家小客棧裏，現在卻當最靜寂的時候，所以那青年得盡意貪他的安睡。

過了半點多鐘，一個體格壯大，年約四十五六，戴一副墨色小眼鏡，頭上有一塊禿的紳士跑了進來，走近青年的床邊叫著說：

「質夫！你昨晚上到什麼地方去了？睡到此刻還沒有起？」

青年翻過身，擦擦眼睛，一邊打呵欠，一邊說：

「噢！明先！你走來得這樣早！」

「已經快十點鐘了，還要說早哩！你昨晚在什麼地方？」

「我昨晚在吳風世家裏講閒話，一直坐到十二點鐘才回來的。省長說開除鬧事的幾個學生，究竟怎麼樣了？」

「怕還有幾天好等呢！」

聽了這一句話，質夫就從他那藍色紡綢被裏坐了起來。披了一件留學時候做的大袖寢袍，他跑出了房門，便上後面廚房裏去洗面刷牙去。

質夫眼看著高爽的青天，一面刷牙，一面在那裏想昨晚上和吳風世上班子裏去的冒險事情。他洗完了面，回到房裏來換洋服的時候，明先正坐在房門口的桌上看《唐詩選》。質夫換好了洋服，便對明先說：

「明先！我真等得不耐煩起來了，我們是來教書，並不是來避難的。這樣在空中懸掛著的狀態，若再經過一兩個禮拜，怕我要變成極度的神經衰弱症呢！」

依質夫講來，這一次法政專門學校的風潮，是很容易解決的。開除幾個鬧事的學生，由省長或教育廳長迎接校長教職員全體回校上課，就沒有事了。而這一次風潮竟延宕至一星期多，還不能解決，都是因爲省長無決斷的緣故。他一邊雖在這樣的氣憤，一邊心裏卻有些希望這事件再延長幾天的心思。因爲法政學校遠在城外，萬一事件解決，搬回學校之後，白天他若要進城上班子裏去，頗非容易，晚上進城，因城門早閉，進出更加不便。昨天晚上，吳風世替他介紹的那姑娘海棠，臉兒雖則不好，但是她總是一個女性。目下斷絕女人有兩三月之久的質夫，只求有一個女性，和她談談就夠了，還要問什麼美醜。況且昨晚上看見的那海棠，又好像非常忠厚似的，質夫已動了一點憐惜的心情，此後若海棠能披心瀝膽的待他，他也想盡他的力量，報效她一番。

質夫和明先談了一番閒話，便跑上大街上去閒逛去了。

二

長江北岸的秋風，一天一天的涼冷起來。法政學校風潮解決以後，質夫搬回校內居住又快一禮拜了。鬧事的幾個學生都已開除，陸校長因爲軍閥李麥，總不肯仍復讓他在那裏做教育界的領袖，所以爲學校的前途計，他自家便辭了職。那一天正是陸校長上學校最後的一日。

陸校長自到這學校以後，事事整頓，非但A地的教育界裏的人都仰慕他，便是這一次鬧事的幾個學生，心裏也是佩服的。一般中立的大多數的學生，當風潮發生的時候，雖不出來力爭，但對陸校長卻個個都畏之若父，愛之若母，一聽他要辭職，便都變成失了牧童的迷羊，正不知道怎麼才好。這幾日來，學校的寄宿舍裏，正同冷灰堆一樣，連閒來講話的時候，都沒有一個發高聲的人了。教職員中，大半都是陸校長聘請來的人，經了這一次風潮，並且又見陸校長去了，也都有點兔死狐悲的哀感。大家因爲繼任的校長，是同事中最老實的許明先的緣故，不能辭職，但是各人的心裏都無熱意，大約離散也不遠了。

陸校長這一天一早就上了兩個鐘頭課，把未完的講義分給了一二兩班的學生，退堂的時候對學生說：

「我爲學校本身打算，還不如辭職的好，你們此後應該刻意用功，不要使人家說你們不成樣子，那就是你們愛戴我的最好的表示。我現在雖已經辭職，但是你們的榮辱，我還在當作自家的榮辱看的。」

說了這幾句話，一二兩班裏的學生眼圈都紅了。

敲十點鐘的時候，全校的學生齊集在大講堂上，聽陸校長的訓話。

從容曠達的陸校長，不改常時的態度，挺著了五尺八寸長的身體，放大了洪鐘似的喉音對學生說：

「這一次風潮的始末，想來諸君都已知道，不要我再說了。但是我在這裏，李麥總不肯甘休。與其爲我個人的緣故，使李麥來破壞這學校，倒還不如犧牲了我個人，保全這學校的好。我當臨去的時候，三件事情，希望諸君以後能夠守著，第一就是要注意秩序。沒有秩序是我們中國人的通病，以後我希望諸君無論在什麼時候，都能維持秩序。秩序能維持，那無論什麼事情都能幹了。第二是要保重身體，我們中國不講究體育，所以國民大抵未老先衰，不能成就大事業，以後希望諸君能保重身體，使健全的精神很有健全的依附之所，那我們中國就有希望了。第三是要尊重學問。我們在氣憤的時候，雖則學問無用，正人君子反遭毒害，但是九九歸原，學問究竟是我們的根基，根基不固，終究不能成大事創大業的。」

陸校長這樣簡單的說了幾句，悠悠下來的時候，大講堂裏有幾處啼泣的聲音，聽得出來了。質夫看了陸校長的神色不動的臉色，看了他這一種從容自在的殉教者的態度，又被大講堂內靜肅的空氣一壓，早就有一種感傷的情懷存在了，及聽了學生的暗泣聲音，他立刻覺得眼睛酸痛起來。不待大家散會，質夫卻一個人先跑回了房裏。

陸校長去校的那一天，質夫心裏只覺得一種悲憤，無處可以發泄，所以下半天他也請了半天假，跑進城來。他在大街上走了一會，總覺得無聊之極，不知不覺，他的兩腳就向了官娼聚集著的金錢巷走去。到了鹿和班的門口，正在遲疑的時候，門內站著的幾個男人，卻大聲叫著說：

「引路！海棠姑娘房裏！」

質夫聽了這幾聲叫聲，就不得不馬上跑進去。海棠的矮小的假母，鼻子打了幾條皺紋笑嘻嘻的走了出來。質夫進房，看見海棠剛在那裏吃早飯的樣子。她手裏捏了飯碗，從桌子上站了起來。今天她的裝飾與前次不同。頭上梳了一條辮子，穿的是一件藍緞子的棉襖，罩著一件青灰竹布的單衫，底下穿的是一條蟹青湖縐的褲子。她大約是剛才起來，臉上的血色還沒有流通，所以比前次更覺得蒼白，新梳好的光澤澤的辮子，添了她一層可憐的樣子。

質夫走近她的身邊問她說：

「你吃的是早飯還是中飯？」

「我們天天是這時候起床，沒有什麼早飯中飯的。」

這樣講了一句，她臉上露了一臉悲寂的微笑，質夫忽而覺得她可愛起來，便對她說：

「你吃你的罷，不必來招呼我。」

她把飯碗收起來後，又微微笑著說：

「我吃好了，今天吳老爺為什麼不來？」

「他還有事情，大約晚上總來的。」

假母拿了一枝三炮臺來請質夫吸，質夫接了過來就對她說：

「謝謝！」

質夫在床沿上坐下之後，假母問他說：

「于老爺，海棠大人在等你，你怎麼老是不來？吳老爺是天天晚上來的。」

「他住在城裏，我住在城外、我當然是不能常同他同來的。」

海棠在旁邊只是呆呆的聽質夫和她假母講閒話。既不來插嘴，也不朝質夫看一眼。她收住了一雙倒掛下的眼睛，盡在那裏吸一枝紙煙。

假母講得沒有話講了，就把班子裏近來生意不好，一月要開銷幾多，海棠不會待客的事情，斷斷續續的說了出來。質夫本來是不喜歡那假母，聽了這些話更不快活了。所以他就丟下了她，走近海棠身邊去，對海棠說：

「海棠，你在這裏想什麼？」

一邊說一邊質夫就伸出手向她面上摘了一把。海棠慢慢舉起了她那遲鈍的眼睛，對質夫微微的笑了一臉，就也伸出手來把質夫的手捏住了。假母見他兩人很火熱的在那裏玩，也就跑了出去。質夫拉了海棠的手，同她上床去打横睡倒。兩人臉朝著外面，頭靠在床裏疊好的被上。質夫對海棠看了一眼，她的兩眼還是呆呆的在看床頂。質夫把自家的頭靠上了她的胸際，她也只微微的笑了一臉。質夫覺得沒有話好同她講，便輕輕的問她說：

「你媽待你怎麼樣？」

她只回他說：

「沒有什麼。」

正這時候，一個長大肥胖的乳母抱了一個七八個月大的小娃娃進來了。質夫就從床上站起來，走上去看那小娃娃，海棠也跟了過來，質夫問她說：

「是你的小孩麼？」

她搖著頭說：

「不是，是我姊姊的。」

「你姊姊上什麼地方去了？」

「不知道。」

這樣的問答了幾句，質夫把那小孩抱出來看了一遍，乳母就走往後間的房裏去了。後間原來就是乳母的寢室。

質夫坐了一回，說了幾句閒話，就從那裏走了出來。他在狹隘的街上向南走了一陣，看看時間已經不早，便一個人走上一家清真菜館裏去吃夜飯。這家姓楊的教門館，門面雖則不大，但是掌櫃的一個媳婦兒生得俊俏得很，所以質夫每次進城，總要上那菜館去吃一次。

質夫一進店門，他的一雙靈活的眼睛就去尋那媳婦，但今天不知她上哪裡去了，樓下總尋不出來。質夫慢慢的走上樓的時候，樓上聽差的幾個回子一齊招呼了他一聲，他抬頭一看，兜頭卻遇見了那媳婦兒。那媳婦兒對他笑了一臉，質夫倒紅臉起來，因爲他是穿洋服的，所以店裏的人都認識他，他一上樓，幾個聽差的人就讓他上那一間裏邊角上的小屋裏去了。一則今天早晨的鬱悶未散，二則午後去看海棠，又覺得她冷落得很，質夫心裏總覺得怏怏不樂。得了那回回的女人的一臉微笑，他心裏雖然輕快了些，但總覺得有點寂寞。寫了一張請單，去請吳風世過來共飲的時候，他心裏只在那裏追想海外咖啡店裏的情趣：

「要是在外國的咖啡店裏，那我就可以把那媳婦兒拉了過來，抱在膝上。也可以口對口接送幾杯葡萄酒，也可以摸摸她的上下。唉，我托生錯了，我不該生在中國的。」

「請客的就要回來了，點幾樣什麼菜？」一個中年回子又來問了一聲。

「等客來了再和你說！」

過了一刻，吳風世來了。一個三十一二，身材纖長的漂亮紳士，我們一見，就知道他是在花柳界有艷福的人。他的清秀多智的面龐，瀟灑的衣服，講話的清音，多有牽引人的迷力。質夫對他看了一眼，相形之下，覺得自家在中國社會上應該是不能占勝利的。

風世一進質夫的那間小屋，就問說：

「質夫！怎麼你一個人便跑上這裏來？」

質夫就把剛才上海棠家去，海棠怎麼怎麼的待他，他心裏想得沒趣，就跑到這裏來的情節講了一遍。風世聽了笑著說：

「你好大膽，在白日青天的底下竟敢一個人跑上班子裏去。海棠那笨姑娘，本來是如此的，並不是冷遇。因爲她不能對付客人，所以近來客人少得很。我因爲愛她的忠厚，所以替你介紹的，你若不喜歡，我就同你上另外的班子裏去找一個罷。」

質夫聽了這話，回想了一遍，覺得剛才海棠的態度確是她的愚笨的表現，並不是冷遇，且又聽說她近來客少，心裏卻起了一種俠義心，便自家對自家起誓說：

「我要救世人，必須先從救個人入手。海棠既是短翼差池的趕人不上，我就替她盡些力罷。」

質夫喝了幾杯酒對吳風世發了許多牢騷，爲他自家的悲涼激越的語氣所感動，倒滴落了幾滴自傷的清淚。講到後來，他便放大了嗓子說：

「可憐那魯鈍的海棠，也是同我一樣，貌又不美，又不能媚人，所以落得清苦得很。唉，儂未成名君未嫁，可憐俱是不如人。」

念到這裏，質夫忽拍了一下桌子叫著說：

「海棠海棠，我以後就替你出力罷，我覺得非常愛你了。儂今葬花人笑癡，他年葬儂知是誰！」

點燈時候，吃完了晚飯，質夫馬上想回學校去，但被風世勸了幾次，他就又去到鹿和班裏。那時候他還帶著些微醉，所以對了海棠和風世的情人荷珠並荷珠的侄女清官人碧桃，講了許多義俠的話。同戲院裏唱武生的一樣，質夫胸前一拍，半真半假的叫著說：

「老子原是仗義輕財的好漢，海棠！你也不必自傷孤冷，明朝我替你去貼一張廣告，招些有錢的老爺來對你罷了！」

海棠聽了這話，也對他啐了一聲，今年才十五歲的碧桃，穿著男孩的長袍馬褂，看得質夫的神氣好笑，便跑上他的身邊來叫他說：

「喂，你瘋了麼？」

質夫看看碧桃的形狀，忽而感到了與他兩月不見的吳遲生的身上去。所以他便跑上她的後面，把身子伏在她背上，要她背了到床上去和風世荷珠說話。

今晚上風世勸質夫上鹿和班海棠這裏來，原來是替質夫消白天的氣的。所以一進班子，風世就跟質夫走上了海棠房裏。風世的情人荷珠和荷珠的侄女碧桃，因爲風世在那裏，所以也跑了過來。風世因爲質夫說今晚晚飯吃了太飽，不能消化，所以就叫海棠的假母去買了一塊錢鴉片煙，在床上燒著。質夫不能燒煙，就風世手裏吸了一口，便從床上站了起來，和海棠碧桃在那裏演那義俠的滑稽話劇。質夫伏在碧桃背上，要碧桃背上床沿之後，就拉了碧桃，睡倒在煙盤的這邊，對面是風世，打側睡在那裏燒煙，荷珠伏在風世的身上，在和他幽幽的說話。質夫拉碧桃睡倒之後，碧桃卻騎在他的身上，問起種種不相干的事物來。質夫認真的說明給她聽，她也認真的在那裏聽著。講了一忽，風世和荷珠的密語停止了。質夫聽得他們密語停止後，倒覺得自家說的話說得太多了，便朝對面的荷珠看了一眼，荷珠也正呆呆在那裏看他和碧桃。兩人的視線接觸的時候，荷珠便噴笑了出來。這是荷珠特有的愛嬌，質夫倒被她笑得臉紅了。

荷珠一面笑著，一面便對質夫說：

「你們倒像是要好的兩弟兄！于老爺，你也就做了我的侄兒罷！」

質夫仰起頭來，對呆呆坐在床前椅子上的海棠說：

「海棠！荷珠要認我做侄兒，你願意不願意她做你的姑母？」

海棠聽了也只微微的笑了一臉，就走到床沿上來坐下了。

質夫這一晚在海棠房裏坐到十二點鐘打後才出來，從溫軟光明的妓女房裏，走到黑暗冷清的外面街上的時候，質夫忽而打了一個冷痙。他仰起頭看看青天。從狹隘的街上只看見了一條長狹的茫茫無底的天空，浮了幾顆明星，高高的映在清澄的夜氣上面。一種歡樂後的孤寂的悲感，忽而把質夫的心地占領了。風世要留質夫住在城裏，質夫怎麼也不肯。向風世要了一張出城券，質夫就坐了人力車，從人家睡絕後的街上，跑向北門的城門下來。守城門的警察，看看質夫的洋裝姿勢，便默默的替他開了門。質夫下車出了城門，在一條高低不平的鄉下道上，跌來碰去的走回學校裏去。他的四周都是黑沉沉的夜氣，仰起頭來只見得一彎藍黑無窮的碧落，和幾顆明滅的秋星。一道城牆的黑影，和怪物似的盤踞在他的右手城壕的上面，從遠處飛來的幾聲幽幽的犬吠聲，好像是在城下唱送葬的輓歌的樣子。質夫回到了學校裏，輕輕叫開了門。摸到自家房裏，點著了洋燭，把衣服換好睡下的時候，遠處已經有雞啼聲聽得見了。

三

A城外的秋光老了。法政學校附近的菱湖公園裏，凋落成一片的蕭瑟景象，道旁的楊柳榆樹之類，在清冷的早上，雖然沒有微風，蕭蕭的黃葉也沙啦沙啦的飛墜下來。微寒的早晨，覺得溫軟的重衾可戀起來了。

天生的好惡性，與質夫的宣傳合作了一處，近來遊蕩的風氣竟在A地法政專門學校的教職員中間流行起來。

有一天，質夫和倪龍庵、許明先在那裏談東京的浪漫史的時候，忠厚的許明先紅了臉，發了一聲嘆聲說：

「人生的聚散，真奇怪得很！五六年前，我正在放蕩的時候，有一個要好的妓女，不意中我昨天在朋友的席上遇見了。那妓女在五六年前，總要算是A地第一個闊窯子，後來跟了一個小白臉跑走了，失了蹤跡。昨天席上我忽然見了她那一種憔悴的形容，倒吃了一驚。她說那小白臉已經死了，現在她改名翠雲，仍在鹿和班裏接客，她看了我的粗布衣服，好像也很為我擔憂似的，問我現在怎麼樣，我故意垂頭喪氣的說『我也潦倒得不堪』，倒難為她為我灑了一點同情的眼淚，並且教我閒空的時候上她那裏去逛去。」

質夫聽了這話也長嘆了一聲，含了悲涼的微笑，對明先念著說：

「尚有綈袍贈，應憐范叔寒，不知天下士，猶作布衣看。」

許明先走開之後，質夫便輕輕的對龍庵說：

「那鹿和班裏，我也有一個女人在那裏，幾時帶你去逛去罷，順便也可以探探翠雲皇后的消息。」

原來許明先接了陸校長的任，他們同事都比他作趙匡胤。這一次的風潮，他們叫作陳橋兵變。因此質夫就把許明先的舊好稱作了皇后。

這一次風潮之後，學校裏的空氣變得灰頹得很。教職員見了學生的面，總感著一種壓迫。質夫上課的時候，覺得學生的目光都在那裏說——你還在這裏麼！我們都不在可憐你，你也要走了吧？——因此質夫一聽上課的鐘響之後，心裏總覺得遲遲不進，與風潮前的踴躍的心思卻成了一個反對，有幾天他竟有怕與學生見面的日子。一下課堂，他便覺得同從一種苦役放免了的人一樣，感到幾分輕快，但一想明天又要去上課，又要去看那些學生的不關心的臉色，心裏就苦悶起來。到這時候，他就不得不跑進城去，或上那姓楊的教門館去謀一個醉飽，或到海棠那裏去消磨半夜光陰。所以風潮結束，第二次搬進學校之後，質夫總每天不得不進城去。看看他的同事，他也覺得他們是同他一樣的在那裏受精神上的苦痛。

質夫聽了許明先的話，不知不覺對倪龍庵宣傳了游蕩的福音，並促他也上鹿和班去探探翠雲的消息。倪龍庵聽了卻裝出了一副驚恐的樣子來對質夫說：

「你真好大的膽子，萬一被學生撞見了，你怎麼好？」

質夫回答他說：

「色膽天樣的大。我教員可以不做，但是我的自由卻不願意被道德來束縛。學生能嫖，難道先生就嫖不得麼？那些想以道德來攻擊我們的反對黨，你若仔細去調查調查，恐怕更下流的事情，他們也在那裏幹喲！」

這幾句話說得倪龍庵心動起來，他那蒼黃瘦長的臉上，也露了一臉微笑說：

「但是總應該隱秘些。」

第二天是星期六，下午沒有課的。質夫吃完了午飯便跑進龍庵的房裏去，悄悄地對龍庵說：

「今晚上我約定在海棠房裏替她打一次牌，你也算一個搭子罷。一個是吳風世，一個是風世的朋友，我們叫他侄女婿的程叔和，你認得他不認得？現在我進城去了，在風世家裏等你，你吃過晚飯，馬上就進城來！」

日短的冬天下午六點鐘的時候，A城的市街上已完全呈出夜景來了。最熱鬧的大街上，兩面的店家都點上了電燈，掌櫃的大口裏唧唧的嚼著飯後的餘粒，呆呆的站在櫃檯的周圍，在那裏看來往的行人。有一個女人走過的時候、他們就交頭接耳的談笑起來。從鄉下初到省城裏來的人，手裏捏了煙管，慢慢的在四五尺寬的街上東望西看的走。人力車夫接鈴接鈴的響著車鈴，一邊放大了嗓子叫讓路，罵人，一邊拚命的在那裏跑。車上坐的若是女人或妓女，他們叫得更加響，跑得更加快，可憐他們的變態性欲，除了這一刻能得著真真的滿足之外，大約只有向病毒很多的土娼家去發泄的。

狹斜的妓館巷裏，這時候正堆疊著人力車，在黃灰色的光線裏，呈出活躍的景象來。菜館的使者拿了小小的條子來之後，那些調和性欲的活佛，就裝得光彩耀人，坐上人力車飛也似的跑去。有飲食店的街上，兩邊停著幾乘雜亂的人力車，空氣裏散滿了油煎魚肉的香味，在那裏引誘遊惰的中產階級，進去喝酒調娼。有幾處菜館的窗裏，映著幾個男女的影畫，在悲涼的胡琴弦管的聲音，和清脆的肉聲傳到外邊寒冷灰黃的空氣裏來。底下站著一群無產的肉欲追求者，在那裏隔水聞香。也有作了認真的面色，站著嘗那肉聲的滋味的，也有叫一聲絕望的好，就慢慢走開的。

正是這時候，質夫和吳風世、倪龍庵慢慢的走下了長街，在金錢巷口，向四面看了一回，便匆匆的跑進去了。他們進巷走了兩步，兜頭遇著了一乘飛跑的人力車。質夫舉頭一看，卻是碧桃荷珠兩人。碧桃穿著銀灰緞子的長袍，罩著一件黑色鐵機緞的小背心，歪戴了一頂圓形的瓜皮帽，坐在荷珠的身上，她那長不長方不方的小臉上，常有一層紅白顏色浮著，一雙目光射人的大眼睛，在這黑暗的夜色裏同梟鳥似的盡在那裏凝視過路的人。質夫一則因爲她年紀尚小，天真爛漫，二則因爲她有些地方很像吳遲生，本來是比海棠還要喜歡她，在這地方遇著，一見了這種樣子，更加覺得疼愛，所以就趕上前去，一把拉住了那人力車叫著說：

「碧桃，你上什麼地方去？」

碧桃用了她的還沒有變濁的小孩的喉音說：「哦，你來了麼？先請家去坐一坐，我們現在上第一春去出局去，就回來的。」

質夫聽了她那小孩似的清音，更捨不得放她走，便用手去拉著她說：「碧桃你下來，叫荷珠一個人去就對了，你下來同我上你家去。」

碧桃也伸出了一隻小手來把質夫的手捏住說：

「對不起，你先去吧，我就回來的，最多請你等十五分鐘。」

質夫沒有辦法，把她的小手拿到嘴邊上輕輕的咬了一口，就對她說：

「那麼你快回來，我有要緊的話要和你說。」

質夫和倪吳二人到了海棠房裏，她的床上已經有一個煙盤擺好在那裏。他們三人在床上燒了一會煙，程叔和也來了。叔和的年紀約在三十內外，也是一個瘦長的人，臉上有幾顆紅點，帶著一副近視眼鏡，嘴角上似有若無的常含著些微笑，因為他是荷珠的侄女清官人碧桃的客人，所以大家都叫他作侄女婿。原來這鹿和班裏最紅的姑娘就是荷珠。其次是碧桃，但是碧桃的紅不過是因荷珠而來的。

質夫看了荷珠那俊俏的面龐，似笑非笑的形容，帶些紅黑色的強壯的肉色，不長不短的身材，心裏雖然愛她，但是因她太紅了，所以他的劫富濟貧的精神，總不許他對荷珠懷著好感。吳風世是荷珠微賤時候的老客，進出已經有五六年了，非但荷珠對他有特別的感情，就是鹿和班裏的主人，對他也有些敬畏之心。所以荷珠是鹿和班裏最紅的姑娘，吳風世是鹿和班裏最有勢力的嫖客，爲此二層原因，鹿和班裏的綽號，都是以荷珠、風世作中心點擬成的。這就是程叔和的綽號侄女婿的來歷。

程叔和到後，風世就命海棠擺好桌子來打牌。正在擺桌子的時候，門外忽發了一陣亂喊的聲音，碧桃跳進海棠的房裏來了。碧桃剛跳進來，質夫同時也跑了過去，把她緊緊的抱住。一步一步的抱到床前，質夫就把碧桃推在程叔和身上說：

「叔和，究竟碧桃是你的人，剛才我在路上撞見，叫她回來，她怎麼也不肯，現在你一到這裏，你看她馬上就跳了回來。」

程叔和笑著問碧桃說：

「你在什麼地方出局？」

「第一春。」

「是誰叫的？」

「金老爺。」

質夫接著問說：

「荷珠回來沒有？」

碧桃光著眼睛，尖了嘴，裝著了怒容用力回答說：

「不曉得！」

桌子擺好了，吳風世倪龍庵程叔和就了席坐了。質夫本來不喜歡打牌，並且今晚想和碧桃講講閒話，所以就叫海棠代打。他們四人坐下之後，質夫就走上坐在叔和背後的碧桃身邊輕輕的說：

「碧桃，你還在氣我麼？」

這樣說著，質夫就把兩手和身體伏上碧桃的肩上去。碧桃把身子向左邊一避，質夫卻按了一個空，倒在叔和的背上，大家都笑了起來。碧桃也笑得坐不住了，就站了起來逃，質夫追了兩圈，才把她捉住。拿住了她的一隻手，質夫就把她拖上床去，兩個身體在疊著煙盤的一邊睡下之後，質夫便輕輕的對她說：

「碧桃，你是真的發了氣呢還是假的？」

「真的便怎麼樣？」

「真的麼？」

「嗳！真的，由你怎麼樣來弄我罷！」

「是真的麼？那麼我就愛死你了。」

這樣的說了一句，質夫就狠命的把她緊抱了一下，並且把嘴拿近碧桃的臉上，重重的咬了一口，他臉上忽然掛下了兩滴眼淚來。碧桃被他咬了一口，想大聲的叫起來，但是朝他一看，見那靈活的眼睛裏，含住了一泓清水，並且有兩滴眼淚已經流在頰上，倒反而吃了一驚，就呆住了。質夫和她呆看了一忽，就輕輕的叫她說：

「碧桃，我有許多話要和你說，但是總覺得說不出來。」

又停了一忽，質夫就一句一句幽幽的對她說：

「我三歲的時候，父親就死了。那時候我們家裏沒有錢，窮得很。我在書房裏念書，因爲先生非常疼我的緣故，常要受學伴的欺，我哩，又沒有氣力，打他們不過，受了他們的欺之後，總是一個人哭起來。我若去告訴先生喲，那麼先生一定要罰他們啦，好，你若去告訴一次吧，下次他們欺侮我，一定得更厲害些。我若去告訴母親哩，那麼本來在傷心的可憐的我的娘，老要同我倆一道哭起來。爲此我受了欺，也只能一個人把眼淚吞下肚子裏去。我從那時候起，就一天一天的變成了一個小膽，沒出息，沒力量的人。十二歲的時候，我見了一個我們街坊的女兒，心裏我可是非常愛她，但是我呀，只能遠遠的看看她的影子，因爲她一近我的身邊，我就同要死似的難過。我每天想每晚想的想了她二年，可是沒有面對面的看過她一次。和她說話的時候，不消說是沒有了，你說奇怪不奇怪？後來她同我的一位學伴要好了，大家都說她的壞話，我心裏還常常替她辯護。現在她又嫁了另外的一個男人，聽說有三四個小孩子生下了。十四歲進了中學校，又被同學欺得不得了。十八歲跟了我哥哥上日本去，只是跑來跑去的跑了七八年。他們日本人呀，欺我可更厲害了。到了今年秋天我才拖了這一個，你瞧吧，半死的身體回中國來。在上海哩，不意中遇著了一個朋友，他也是姓吳，他的樣子同你不差什麼，不過人還要比你小些。他病了，他的臉兒蒼白得很，但是也很好看，好像透明的白玻璃似的。他說話的時候呀，聲音也和你一樣。同他在上海玩了半個月，我才知道以後我是少他不來了。但是和他一塊兒住不上幾天，這兒的朋友又打電報來催我上這兒來，我就不得不和他分開。我上船的那一天晚上，他來送我上船的時候，你猜怎麼著，我們倆人哪，這樣的抱住了，整哭了半夜啊。到了這兒兩個月多，忙也忙得很，幹的事情也沒有味兒，我還沒有寫信去給他。現在天氣冷了，我怕他的病又要壞起來呢！半個月前頭由吳老爺替我介紹，我才認得海棠和你。海棠相貌又不美，人又笨，客人又沒有，我心裏雖在疼她，想幫她一點忙，可是我也沒有許多的錢可以贖她出去。你這樣的乖，這樣的可愛，我看見了你，就彷彿見我的朋友姓吳的似的，但是你呀，你又不是我的人。因爲你和海棠在一個班子裏，我又不好天天來找你說什麼話，你又是很忙的，我就是來也不容易和你時常見面，今天難得和你遇見了，你又是這樣的有氣了，你說我難受不難受？」

質夫悠悠揚揚的訴說了一番，說得碧桃也把兩隻眼睛合了下去。質夫看了她這副小孩似的悲哀的樣子，心裏更覺得疼愛，便又拚命的緊緊抱了一回。質夫正想把嘴拿上她臉上去的時候，坐在打牌的四個人，忽而大叫了起來。碧桃和質夫兩人也同時跳出了床，走近打牌的桌子邊上去。原來程叔和贏了一副三番的大牌，大家都在那裏喝采。

不多一忽荷珠回來了。吳風世就叫她代打，他同質夫走上煙舖上睡倒了。質夫忽想起了許明先說的翠雲，就問著說：

「風世，這班子裏有一個翠雲，你認識不認識？」

吳風世呆了一呆說：

「你問她幹什麼？」

「我打算爲龍庵去叫她過來。」

「好極好極！」

吳風世便命海棠的假母去請翠雲姑娘過來。

翠雲半老了，臉色蒼黃，一副憔悴的形容，令人容易猜想到她的過去的浪漫史上去。纖長的身體，瘦得很，一雙狹長的眼睛裏常有盈盈的兩泓清水浮著，梳妝也非常潦草，有幾條散亂的髮絲掛在額上，穿的是一件天青花緞的棉襖，花樣已不流行了，底下是一條黑緞子的大腳褲。她進海棠房裏之後，質夫就叫碧桃爲龍庵代了牌，自家作了一個介紹，讓龍庵和翠雲倒在煙舖上睡下。質夫和翠雲龍庵風世講了幾句閒話，便走到碧桃的背後去看她打牌。海棠的假母拿了一張椅子過來讓他坐了。質夫坐下看了一忽，漸漸把身體靠了過去，過了十五六分鐘，他卻和碧桃坐在一張椅子上了。他用一隻手環抱著碧桃的腰部，一隻手在那裏幫她拿牌，不拿牌的時候，質夫就把那隻手摸到她的身上去，碧桃只作不知，默默的不響。

打牌打到十一點鐘，大家都不願意再打下去。收了場擺好一桌酒菜，他們就坐攏來吃。質夫因爲今天和碧桃講了一場話，心裏覺得淒涼，又覺得痛快，就拚命的喝起酒來。這也奇怪，他今天晚上愈喝酒愈覺得神經清敏起來，怎麼也喝不醉，大家喝了幾杯，就猜起拳來。今天質夫是東家，所以先由質夫打了一個通關。碧桃叫了三拳，輸了三拳，質夫看她不會喝酒，倒替她喝了兩杯。海棠輸了兩拳，質夫也替她代了一杯酒。喝酒喝得差不多了，質夫就叫拿稀飯來。各人吃了一二碗稀飯，席就散了。躺在床上的煙盤邊上，抽了兩口煙，質夫就說：

「今天龍庵第一次和翠雲相會，我們應該到翠雲房裏去坐一忽兒。」

大家贊成了，就一同上翠雲房裏去。說了一陣閒話，程叔和走了。質夫和龍庵風世正要走的時候，荷珠的假母忽來對質夫說：

「于老爺，有一件事情要同你商量，請你上海棠姑娘房裏來一次。」

質夫莫名其妙，就跟上她上海棠房裏去。

質夫一走進房，海棠的假母就避開了。荷珠的假母先笑了一臉，慢慢的對質夫說：

「于老爺，我今晚有一件事情要對你說，不曉得你肯不肯賞臉？」

「你說出來罷！」

「我想替你做媒，請你今晚上留在這裏過夜。」

質夫正在驚異，沒有作答的時候，她就笑著說：

「你已經答應了，多謝多謝！」

聽了這話，海棠的假母也走了出來，匆匆忙忙的對質夫說：

「于老爺，謝謝，我去對倪老爺吳老爺說一聲，請他們先回去。」

質夫聽了這話，看她三腳兩步的走出門去了，心裏就覺得不快活起來。質夫叫等一等，她卻同不聽見一樣，徑自出門去了。質夫就站了起來，想追出去，卻被荷珠的假母一把拖住說：

「你何必出去，由他們回去就對了。」

質夫心裏著起急來，想出去又難以為情，想不去又覺得不好。正在苦悶的時候，龍庵卻同風世走了進來。

風世笑微微的問質夫說：

「你今晚留在這裏麼？」

質夫急得臉紅了，便格格的回答說：

「那是什麼話，我定要回去的。」

荷珠的假母便制著質夫說：

「于老爺，你不是答應我了麼？怎麼又要變卦？」

質夫又格格的說：

「什麼話，什麼話，我……我何嘗答應你來。」

龍庵青了臉跑到質夫面前，用了日本話對質夫說：

「質夫，我同你是休戚相關的，你今晚怎麼也不應該在這裏過夜。第一我們的反對黨可怕得很，第二在這等地方，總以不過夜爲是，免得人家輕笑你好色。」

質夫聽了這話，就同大夢初醒的一樣，決心要回去，一邊用了英文對風世說：

「這是一種侮辱，他們太看我不起了。難道我對海棠那樣的姑娘，還戀她的姿色不成？」

風世聽了便對質夫好意的說：

「這倒不是這樣的，人家都知道你對海棠是一種哀憐。你要留宿也沒有什麼大問題的，你若不願意，也可以同我們一同回去的。」

龍庵又用了日本話對質夫說：

「我是負了責任來勸你的，無論如何請你同我回去。」

海棠的假母早已看出龍庵的樣子來了，便跑出去把翠雲叫了過來，托翠雲把龍庵叫開去。龍庵與翠雲跑出去後，質夫一邊覺得被人家疑作了好色者，心裏感著一種侮辱，一邊卻也有些好奇心，想看看中國妓女的肉體。他正臉漲得緋紅，決不定主意的時候，龍庵又跑了進來，這一次龍庵卻變了態度。質夫舉眼對他一看。用了目光問他計策的時候，他便說：

「去留由你自家決定罷。但是你若要在這裏過夜，這事千萬要守秘密。」

質夫也含糊答應說：

「我只怕兩件事情，第一就是怕病，第二就是怕以後的糾葛。」

龍庵又用了日本話回答說：

「竹槓她是不敢敲的。你明天走的時候付她二十塊錢就對了。她以後要你買什麼東西，你可以不答應的。」

質夫紅了臉失了主意，遲疑不決的正在想的時候，荷珠的假母，海棠的假母和翠雲就把風世龍庵兩人拉了出去，一邊海棠走進了房，含著了一臉忠厚的微笑，對著質夫坐下了。

四

海棠房裏只剩下質夫海棠二人。質夫因爲剛才的去留問題，神經已被他們攪亂了，所以不願意說話。魯鈍的海棠也只呆呆的坐著，不說一句話，質夫只聽見房外有幾聲腳步聲，和大門口有幾聲叫喚聲傳來。被這沉默的空氣一壓，質夫的腦筋覺得漸漸鎮靜下去。停了一忽，海棠的假母走進房來輕輕的對質夫說：

「于老爺，對不起得很，間壁房裏有海棠的一個客人在那裏打牌，請你等一忽，等他去了再睡。」

質夫本來是小膽，並且有虛榮心的人，聽了這話，故意裝了一種恬淡的樣子說：

「不要緊，遲一忽睡有什麼。」

質夫默默地坐了三十分鐘，覺得無聊起來，便命海棠的假母去拿鴉片煙來燒。他一個人在燒鴉片煙的時候，海棠就出去了。燒來燒去，質夫終究燒不好，好容易燒好了一口，吸完之後，海棠跑了進來對假母幽幽的說：

「他去了。」

假母就催說：

「于老爺，請睡罷。」

把煙盤收好，被褥舖好之後，那假母就帶上了門出去了。

質夫看看海棠，盡是呆呆在坐在那裏，他心裏卻覺得不快，跑上去對她說了一聲，他就一個人把衣服脫了來睡了。海棠只是不來睡，坐了一會，卻拿了一副骨牌出來，好像在那裏卜卦的樣子。

質夫看了她這一種愚笨的迷信，心裏又好氣，又好笑。

「大約她是不願意的，否則何以這樣的不肯睡呢。」

質夫心裏這樣一想，就忽而想得她可憐起來。

「可憐你這皮肉的生涯！這皮肉的生涯！我真是以金錢來蹂躪人的禽獸呀！」

他就決定今晚上在這裏陪她過一夜，絕對不去蹂躪她的肉體。過了半點鐘，她也脫下衣服來睡了，質夫讓她睡好之後，用了圍巾替她頸項圍得好好，把她愛撫了一回，就叫她睡。自家卻把頭朝開了。過了三十分鐘的樣子，質夫心中覺得自家高尚得很，便想這樣的好好睡一夜，永不去侵犯她的肉體。但是他愈這樣的想愈睡不著，又過了一忽，他心裏卻起了衝突來了。

「我這樣的高尙，有誰曉得，這事講出去，外邊的人誰能相信。海棠那蠢物，你在憐惜她，她哪裡能夠瞭解你的心。還是做俗人罷。」

心裏這樣一想，質夫就朝了轉來，對海棠一看，這時候海棠還開著眼睛向天睡在那裏。質夫覺得自家臉上紅了一紅，對她笑了一臉，就把她的兩隻手壓住了。她也已經理會了質夫的心，輕輕的把身體動了一動。

本來是變態的質夫，並且曾經經過滄海的他，覺得海棠的肉體，絕對不像個妓女。她的臉上仍舊是無神經似的在那裏向上呆看。不過到後來她的眼睛忽然連接的開閉了幾次，微微的吐了幾口氣。那時窗外已經白灰灰的亮起來了。

五

久旱的天氣，忽下了一陣微雨。灰黑的天空，呈出寒冬的氣象來。北風吹到半空的電線上的時候，嗚嗚的響聲，刺入人的心骨裏去，無棉衣的窮民，又不得不起愁悶的時候到了。

質夫自從那一晚在海棠那裏過夜之後，覺得學校的事情，愈無趣味。一邊因爲怕人家把自己疑作色鬼，所以又不願再上鹿和班去，並且怕純潔的碧桃見了他更看他不起，所以他同犯罪的人一樣，不得不在他那裏牢獄似的房裏蟄居了好幾天。

那一天午後，天氣忽然開朗起來。悠悠的青天仍復藍碧得同秋空一樣。他看看窗外的和煦的冬日，心裏覺得怎麼也不得不出去一次。但是一進城去，意志薄弱的他，又非要到金錢巷去不可。他正在那裏想得無聊的時候，忽聽見門房傳進了幾個名片來，他們原來是城內工業學校和第一中學校的學生，正在發行一種文藝旬刊，前幾天曾與質夫通過兩次信的。質夫一看了他們的名片，覺得現在的無聊可以消遣了，就叫門房快請他們進來。

幾個青年，都是很有精神，質夫聽了他們那些生氣橫溢的談話，覺得自家慚愧得很。及看到他們的一種向仰的樣子，質夫真想跪下去，對他們懺悔一番：

「你們這些純潔的青年呀！你們何苦要上我這裏來。你們以為我是你們的指導者麼？你們錯了。你們錯了。我有什麼學問？我有什麼見識？啊啊，你們若知道了我的內容，若知道了我的下流的性癖，怕大家都要來打我殺我呢！我是違反道德的叛逆者，我是戴假面的知識階級，我是著衣冠的禽獸！」

他心裏雖在這樣的想，面上卻裝了一副嚴正的樣子，和他們在那裏談文藝社會各種問題。談了一個鐘頭，他們去了。質夫總覺得無聊，所以就換了衣服跑進城去。

原來A城裏有兩個研究文藝的團體，一個是剛才來過的這幾個青年的一團，一個是質夫的幾個學生和幾個已在學校卒業在社會上幹事的人的團體。前者專在研究文藝，後者是帶有宣傳文化事業的性質的。質夫因為學校的關係和個人的趣味上，與後者的一團人接觸的機會比較多些，所以他們的一團人，竟暗暗裏把質夫當作了一個指導者看。近來質夫因為放蕩的結果，許久不把他們的一團人擱在心裏了，剛才見了那幾個工業和一中的青年學生，他心裏覺得有些對那一團人不起的地方，所以就打算進城去看看他們。其實這也不過是他自家欺騙自家的口實，他的朦朧的意識裏，早有想去看看碧桃、海棠的心思存在了。

到了城裏，上他們一團人的本部，附設在一高等小學裏的新文化書店裏去坐了一忽，他就自然而然的走上金錢巷去。

在海棠房裏坐了一忽，已經是上燈的時刻了。質夫問碧桃在不在家，海棠的假母說：

「她上遊藝會去唱戲去了。」

這幾天來華洋義賑會爲募集捐款的緣故，辦了一個遊藝會。女校書唱戲，也是遊藝會裏的一種遊藝，年紀很輕，喜歡出出風頭的碧桃，大約對這事是一定很熱心的。

質夫聽碧桃上遊藝會去了，就也想去看看熱鬧，所以對海棠說：

「今晚我帶你上遊藝會去逛去罷。」

海棠喜歡得不了得，便梳頭擦粉的準備起來。一邊假母卻去做了幾碗菜來請質夫吃夜飯。質夫吃完了夜飯，與海棠約定了在遊藝會的舊戲場的左廊裏相會，一個人就先走了。

質夫一路走進了遊藝會場，遇見了許多紅男綠女，心裏忽覺得悲寂起來。走到各女學校的販賣場的時候，他看見他的一個學生正在與一個良家女子說話。他呆呆的立了一忽，馬上就走開了，心裏卻在說：

「年輕的男女呀，要快樂正是現在，你們都盡你們的力量去尋快樂去罷。人生值得什麼；不於少年時求些快樂，等得秋風凋謝的時候，還有什麼呢！你們正在做夢的青年男女呀，願上帝都成就了你們的心願。我半老了，我的時代過去了。但願你們都好，都美，都成眷屬。不幸的事，不美的人，孤獨，煩悶，都推上我的身來，我願意爲你們負擔了去。橫豎我是沒有希望的了。」

這樣的想了一遍，他卻悔恨自己的青年時代白白的斷送在無情的外國。

「如今半老歸來，那些鶯鶯燕燕，都要遠遠地避我了。」

他的傷感的情懷，一時又征服了他的感情的全部，他便覺得自家是坐在一隻半破的航船上，在日暮的大海中漂泊，前面只有黑雲大浪，海的彼岸便是「死」。

在燦爛的電燈光裏，喧擾的男女中間，他一個人盡在自傷孤獨。

他先上女校書唱戲場去看了一回，卻不見碧桃的影子。他的孤獨的情懷又進了一層，便慢慢的走上舊戲場的左邊去，向四邊一看，海棠還沒有來，他走進了座位，坐下去聽了一忽戲，臺上唱的正是《瓊林宴》，他看到了姓范的什麼人醉倒，鬼怪出來的時候，不覺笑了起來，以爲中國人的神秘思想，卻比西洋的還更合於實用。看得正出神的時候，他覺得肩上被人拍了一下。他回過頭來一看，見碧桃和海棠站在他背後對他在那裏微笑，他馬上站了起來問她們說：

「你們幾時來的？」

她們聽不清楚，質夫就叫她們走出戲場來。在質夫周圍看戲的人，都對了她們和質夫側目的看起來了。質夫就俯了首，匆匆的從人叢中跑了出來。一跑到寬曠的園裏，他仰起頭來看看寒冷的碧天，見有一道電燈光線紅紅的射在半空中。他頭朝著了天，深深的吐了一口氣，慢慢的跟在他後面的海棠、碧桃也來了。

海棠含了冷冷的微笑說：

「我和碧桃都還沒有吃飯呢！」

質夫就回答說：

「那好極了，我正想陪你們去喝一點酒。」

他們三人上場內宴春樓坐下之後，質夫偷看了幾次碧桃的臉色，因爲質夫自從那一晚在海棠那裏過夜之後，還是第一次遇見碧桃，他怕碧桃待他要與從前變起態度來。但是碧桃卻仍是同小孩子一樣，與他要好得很。他看看碧桃那種無猜忌的天真，一邊感著一種失望，一邊又有一種羞愧的心想起來。

他心裏似乎說：

「像這樣無邪思的人，我不該以小人之心待她的。」

質夫因爲剛才那孤獨的情懷，還沒有消失，並且又遇著了碧桃，心裏就起了一種特別的傷感，所以一時多喝了幾杯酒。吃完了飯，碧桃說要回去，質夫留她不住，只得放她走了。

質夫陪著海棠從菜館下來的時候，已覺得有些昏昏欲睡的樣子，胡亂的跟海棠在會場裏走了一轉，覺得疲倦起來，所以就對海棠說：

「你在這裏逛逛，我想先回家去。」

「回什麼地方去？」

「出城去。」

「那我同你出去，你再上我們家去坐一會罷。」

質夫送她上車，自家也雇了一乘人力車上金錢巷去。一到海棠房裏他就覺得想睡。說了二句閒話，就倒在海棠床上和衣睡著了。

質夫醒來，已經是十一點十分的樣子。假母問他要不要什麼吃，他也覺得有些餓了，便托她去叫了兩碗雞絲麵來。質夫看看外面黑的很，一個人跑出城去有些怕人，便聽了假母的話，又留在海棠那裏過夜了。

六

妓家的冬夜漸漸地深起來了。質夫吃了麵，講了幾句閒話，與海棠對坐在那裏玩骨牌，忽聽見後頭房裏一陣哄笑聲和爆竹聲傳了過來。質夫吃了一驚，問是什麼。海棠幽幽的說：

「今天是菊花的生日，她老爺替她放爆竹。」

質夫聽了這話，看看海棠的悲寂的面色，倒替海棠傷心起來。

因爲這班子裏客最少的是海棠，現在只有一個質夫和另外一個年老的候差的人。那候差的人現在錢也用完了，聽說不常上海棠這裏來。質夫也是於年底下要走的。一年中間最要用錢的年終，海棠怕要一個客也沒有。質夫想到這裏，就不得不爲海棠擔起憂來。將近二點的時候，假母把門帶上了出去，海棠質夫脫衣睡了。

正在現實與夢寐的境界上浮游的時候，質夫忽聽見床背後有嚯嚯的響聲，和竹木的爆裂聲音傳過來。他一開眼睛，覺得房內帳內都充滿了煙霧，塞得吐氣不出，他知道不好了，用力把海棠一把抱起，將她衣褲拿好，質夫就以命令似的聲音對她說：

「不要著忙，先把褲子衣服穿好來，另外的一切事情，有我在這裏，不要緊，不要著忙！」

他話沒有講完，海棠的假母也從門裏跌了進來，帶了哭聲叫著說：

「海棠，不好了，快起來，快起來！」

質夫把衣服穿好之後，問海棠說：

「你的值錢的物事擺在什麼地方的？」

海棠一邊指著那床前的兩隻箱子，一邊發抖哭著說：

「我的小寶寶，我的小寶寶，小寶寶呢？」

質夫一看海棠的樣子，就跳到裏間房裏去，把那乳母和小寶寶拉了出來，那時的火焰已經燒到了裏間屋裏了，質夫吩咐乳母把小孩抱出外面去。他就馬上到床上把一條被拿了下來攤在地板上，把海棠的幾件掛在那裏的皮襖和枕頭邊上的一個首飾箱丟在被裏，包作了一包，與一隻紅漆的皮箱一併拖了出去。外邊已經有許多雜亂的人衝來衝去的搬箱子包袱，質夫出了死力的奔跑，才把一隻箱子和一個被包搬到外面。他回轉頭來一看，看見海棠和她的假母一邊哭著，一邊抬了一床帳子跟在後面。質夫把兩件物事擺下，吐了一口氣，忽見邊上有一乘人力車走過，他就拉住了人力車，把箱子擺了上去，叫海棠和一個海棠房外使用的男人跟了車子向空地裏去看著。

質夫又同假母回進房來，搬第二次的東西，那時候黑煙已經把房內包緊了。質夫和假母抬了第二次東西出來的時候，門外忽遇著了翠雲。她披散了頭髮在那哭喊。質夫問她，怎麼樣？她哭著說：

「菊花的房同我的連著，我一點東西也沒有拿出來，燒得乾乾淨淨了。」

質夫就把假母和東西丟下，再跑到翠雲房裏去一看，她房裏的屋椽已經燒著坍了下來，箱子器具都炎炎的燒著了。質夫不得已就空手的跑了出來，再來尋翠雲，又尋她不著。質夫跑到碧桃房裏去一看，見她房裏有四個男人坐著說：

「碧桃、荷珠已經往外邊去了。她們的東西由我們在這裏守著，萬一燒過來的時候，我們會替她搬的，請于老爺放心。」

原來荷珠碧桃的房在外邊，與菊花翠雲的房隔兩個天井，所以火勢不大，可以不搬的，質夫聽了便放了心，走出來上空地裏去找海棠去。質夫到空地裏的時候，就看見海棠盡呆呆的站在那裏。

因爲她太出神了，所以質夫走上她的背後，她也並不知道。質夫也不去驚動她，便默默的站在她的背後，過了三五分鐘，一個四十五六，面貌瘦小，鼻頭紅紅的男人走近了海棠的身邊問她說：

「我們的小孩子呢？」

海棠被他一問，倒吃了一驚，一見是他，便含了笑容指著乳母說：

「你看！」

「你驚駭了麼？」

「沒有什麼。」

質夫聽了，才知道這便是那候差的人，那小娃娃就是他與海棠的種了，質夫看看那男人，覺得他的面貌卑鄙得很，一聯想到他與海棠結合的事情，竟不覺打起冷痙來。他搖了一搖頭，對海棠的背後丟了一眼輕笑的眼色，就默默的走了。

那一天因爲沒有風，並且因爲救火人多，質夫出巷外的時候火已經滅了。東方已有一線微明，雞叫的聲音有幾處聽得出來。質夫一個人冒了清早的寒冷空氣，從灰黑清冷的街上一步一步的走上北門城下去。他的頭腦，爲夜來的淫樂與搬火時候的雜鬧攪亂了，覺得思想混雜得很，但是在這混雜的思想裏，他只見一個紅鼻頭的四十餘歲的男子的身體和海棠矮小灰白的肉體合在一處，浮在他的眼前。他在遊藝場中感得的那一種孤獨的悲哀，和一種後悔的心思混在一塊，籠罩上他的全心。

七

第二天寒空裏忽又蕭蕭的下起雨來，倪龍庵感冒了風寒，還睡在床上，質夫一早就跑上龍庵的房，將昨晚失火的事情講給了他聽，他也嘆著說：

「翠雲真是不幸呀！可惜我又病了，不能去看她，並且現在身邊錢也沒有。不能爲她盡一點力。」

質夫接著說：「我想要明先出五十元，你出五十元，我出五十元，送她。教她好做些更換的衣服。下半天課完之後，打算再進城去看她，海棠的東西我都爲她搬出了，大約損失也是不多的。」

這一天下午，質夫冒雨進城去一看，鹿和班只燒去了菊花翠雲的兩間房子和海棠的裏半間小屋。海棠的房間已經用了木板修蓋好，海棠一家早已搬進去住好了。質夫想問翠雲的下落，海棠的假母只說不知道，不肯告訴質夫。質夫坐了一會出來的時候，卻遇見了碧桃。碧桃紅了一紅臉，笑質夫說：

「你昨晚上沒有驚出病來麼？」

質夫跑上前去把她一把拖住說：

「你若再講這樣的話，我又要咬你的嘴了。」

她討了饒，質夫才問她翠雲住在什麼地方。她領了質夫走上巷口的一間同豬圈似的屋裏去。一間潮濕不亮的丈五尺長的小屋裏坐滿了些假母妓女在那裏吊慰翠雲。翠雲披散了頭髮，眼睛哭得紅腫，坐在她們的中間。質夫進去叫了一聲：

「翠雲！」

覺得第二句話說不出來，鼻子裏也有些酸起來了。翠雲見了質夫，就又哭了起來。那些四周坐著的假母妓女走散之後，翠雲才斷斷續續的哭著說：

「于老爺，我……我……我……怎麼，……怎麼好呢！現在連被褥都沒有了。」

質夫默坐了好久，才慢慢地安慰她說：

「偏是龍庵這幾天病了，不能過來看你。但我已經同他商量過，大約他與許明先總能幫你的忙的。」

質夫看看她的周圍，覺得連梳頭的鏡盒都沒有，就問她說：

「你現在有零用錢沒有？」

她又哭著搖頭說：

「還……還有什麼！我有八十幾塊的鈔票全擺在箱子裏燒失了。」

質夫開開皮包來一看，裏面還有七八張鈔票存在，便拿給了她說：

「請你收著，暫且當作零用罷。你另外還有什麼客人能幫你的忙？」

「另外還有一二個客人，都是窮得同我一樣。」

質夫安慰了她一番，約定於明天送五十塊錢過來，便走回學校內去。

八

耶穌的聖誕節近了。一九二一年所餘也無幾了。晴不晴，雨不雨的陰天連續了幾天，寒空裏堆滿了灰黑的層雲。今年氣候說比往年暖些，但是A城外法政專門學校附近的枯樹電杆，已在寒風裏發起顫來了。

質夫的學校裏，爲考試問題與教職員的去留問題，空氣緊張起來。學生向校長許明先提出了一種要求，把某某某的幾個教員要去，某某某的幾個教員要留的事情，非常強硬的說了，質夫因爲是陸校長聘來的教員，並且明年還不得不上日本去將卒業論文提出，所以學生來留的時候，確實的覆絕了。

其中有一個學生，特別與質夫要好，大家推他來留了幾次，質夫只講了些傷心的話，與他約了後會，宛轉的將不能再留的話說給他聽。那純潔的學生聽了質夫的殷殷的別話，就在質夫面前哭了起來，質夫的灰頹的心，也被他打動了。但是最後質夫終究對他說：

「要答應你再來也是不難，但現在雖答應了你，明年若不能來，也是無益的。這去留的問題，我們暫且不講罷。」

同事中間，因爲明年或者不能再會的緣故，大家輪流請起酒來，這幾日質夫的心裏，爲淡淡的離情充滿了。

有一個星期六晚上，質夫喝醉了酒，又與龍庵風世上鹿和班去，那時候翠雲的房間也修蓋好了。燒燒鴉片煙，講講閒話，已經到了十二點鐘，質夫想同海棠再睡一夜，就把他今晚不回去的話說了。

龍庵風世走後，海棠的假母匆匆促促地對質夫說：

「今晚對不起得很，海棠要上別處去。」

質夫一時漲紅了臉，心裏氣憤得不堪，但是膽量很小虛榮心很大的質夫，也只勉強的笑了一臉，獨自一個人從班子裏出來，上寒風很緊的長街上走回學校裏去。本來是生的悶氣兒的他，因想嘗嘗那失戀的滋味，故意車也不坐，在冷清的街上走向北門城下去。他一路走一路在想：

「連海棠這樣醜的人都不要我了。啊啊，我真是世上最孤獨的人了，真成了世上最孤獨的人了啊！」

這些自傷自悼的思想，他為想滿足自家的感傷的懷抱，當然是比事實還更誇大的。

學校內考試也完了。學生都已回家去了，質夫因為試卷沒有看完，所以不得不遲走幾天，約定龍庵於三日後乘船到上海去。

到了要走的前晚，他總覺得海棠人還忠厚，那一晚的事情，全是那假母弄的鬼。雖然知道天下最無情的便是妓女，雖然知道海棠還有一個同她生小孩的客在，但是生性柔弱的質夫，覺得這樣的別去，太是無情。況且同吳遲生一樣的那純潔的碧桃，無論如何，總要同她話一話別。況這一回別後，此生能否再見，事很渺茫，即便能夠再見，也不知更在何日。所以那一晚質夫就作了東，邀龍庵、風世、碧桃、荷珠、翠雲、海棠在小蓬萊菜館裏吃飯。

質夫看看海棠那愚笨的樣子，與碧桃的活潑，荷珠的嬌嬈，翠雲的老練一比，更加覺得她可憐。喝了幾杯無聊的酒，質夫就招海棠出席來，同她講話。他自家坐在一張藤榻上，教海棠坐在他懷裏。他拿了三張十元的鈔票，輕輕的塞在她的袋裏。把她那隻小的乳頭捏弄了一回，正想同她親一親嘴走開的時候，那紅鼻子的卑鄙的面貌，又忽然浮在他的眼前。

質夫幽幽的向她耳跟前說了一句「你先回去罷，」就站了起來，走回到席上來了。海棠坐了一忽，就告辭了，質夫送了她到了房門口，想她再回轉頭來看一眼的，但是愚笨的海棠，竟一直的出去了。

海棠走後，質夫忽覺興致淋漓起來，接連喝了二三杯酒，他就紅了眼睛對碧桃說：

「碧桃，我真愛你，我真愛你那小孩似的樣子。我希望你不要把自家太看輕了。辦得到請你把你的天真保持到老，我因爲海棠的緣故，不能和你多見幾面，是我心裏很不舒服的一件事情，可是你給我的印象，比什麼人更深，我若要記起忘不了的人來，那麼你就是其中的一個。我這一次回上海後，不知道能不能和我的姓吳的好朋友相見，我若見了他，定要把你的事情講給他聽。我那一天晚上對你講的那個朋友，你還想得起來麼？」

質夫又舉起杯來乾了一滿杯，這一次卻對翠雲說：

「翠雲，你真是糟糕。嫁了人，男人偏會早死，這一次火災，你又燒在裏頭，但是……翠雲……我們人是很容易老的，我說，翠雲，你別怪我，還是早一點跟人吧！」

幾句話說得翠雲掉下眼淚來，一座的人都沉默了，吳風世覺得這沉默的空氣壓迫不過，就對質夫說：

「我們會少離多，今晚上應該快樂一點，我們請碧桃唱幾句戲罷！」

大家都贊成了，碧桃還是呆呆的在那裏注視質夫，質夫忽對碧桃說：

「碧桃，你看癡了麼？唱戲呀！」

碧桃馬上從她的小孩似的悲哀狀態回復了轉來，琴師進來之後，碧桃問唱什麼戲，質夫搖頭說：

「我不知道，由你自家唱罷！」

碧桃想了一想，就唱了一段《打棍出箱》，正是質夫在遊藝會裏聽過的那一段。質夫聽她唱了一句，就走上窗邊坐下。他聽聽她的悲哀的清唱，看看窗外沉沉的暗夜，覺得一種莫名其妙的哀思忽而湧上心來。不曉是什麼原因，他今晚上覺得心裏難過得很，聽碧桃唱完了戲，胡亂的喝了幾杯酒，也就別了碧桃、荷珠、翠雲，跑回家來，龍庵風世定要他上鹿和班去，他怎麼也不肯，竟一個人走了。

九

一九二一年十二月二十八日的晚上，A城中的招商碼頭上到了一隻最新的輪船，一點鐘後，要開往上海去的。在上船下船的雜鬧的人叢中，在黃灰灰的燈影裏，質夫和龍庵立在碼頭船上和幾個來送的人在那裏講閒話。圍著龍庵的是一群學校裏的同事和許明先，圍著質夫的是一群青年，其中也有他的學生，也有A地的兩個青年團體中的人。質夫一一與他們話別之後，就上艙裏去坐了。不多一忽船開了，碼頭上的雜亂的叫喚聲也漸漸的聽不見了。質夫跑上船舷上去一看，在黑暗的夜色裏，只見A地的一排燈火，和許多人家的黑影，在一步一步的退向後邊去，他呆呆的立了一會，見A省城只剩了幾點燈影了。又看了一忽，那幾點燈影也看不出來了。質夫便輕輕的說：「人生也是這樣的吧！吳遲生不知道在不在上海了。」

一九二二年七月初稿

一九二四年十月改作

注釋

①本篇最初於一九二四年十二月在《晨報副鐫》上發表時，沒有「三」、「五」小標題。文前有「小序」，如下：

《秋柳》是《茫茫夜》的續篇，係兩年前（一九二二年七月）在東京時做成的，正在做《風鈴》（此篇作者後改名為《空虛》——編者注）之後的兩三天內。這篇東西的廣告，在沒有做成之先，已在《創造》（季刊）第一期裡登過，但後來因為覺得完全不能滿意，終究沒有發表。現在翻出這舊稿來一看，愈覺得不能滿意，照我的藝術的良心上講來，是應該把它燒毀的。但一面想想看，當執筆此篇小說時，我的周圍，正有許多年青的男女朋友，在異國的都會裡和我在一處瞎鬧瞎逛。現在這些人或因天變，或因人事，死的死，散的散了。他們對我和我對他們的感情，如夢裡的雲煙，幾乎消失得片縷無餘，而今日偶爾翻著此稿，從頭細讀，覺得當時一邊揮汗閒談，一邊對紙亂寫的光景，又重新回到了眼前來。所以這篇東西，在藝術上雖沒有半點價值，然而於我個人卻有一點助我回憶過去的好處。

做父母的人，對於他們的好兒女，原是愛惜，對於他們的壞兒女，也不忍拿刀來殺。我於今天整理行篋的時候，翻著了此稿，從頭細讀一遍之後，就點了一枝火柴，想把它燒去。但一枝兩枝的火柴燒失了，我的決心終於不能斷行。遲疑了半天，我就翻過意思來，想把它拿來發表。這也許是老牛舐犢的愚心，這也許是人生最大的弱點，但無論如何，我見了這個不肖兒子之面，就不得不想起當日臨盆的陣痛來。

十三年十月五日

②英文；《人間樂園》，威廉·莫里斯著。

空虛①

「我近來的心理狀態，正不曉得怎麼才寫得出來。有野心的人，他的眼前，常有著種種偉大的幻象，一步一步跟了這些幻象走去，就是他的生活。對將來抱希望的人，他的頭上有一顆明星，在那裏引路，他雖在黑暗的沙漠中行走，但是他的心裏終有一個猶太人的主存在，所以他的生活，終於是有意義的。在過去的追憶中活著的人，過去的可驚可喜的情景，都環繞在他的左右，所以他雖覺得這現在的人生是寂寞得很，但是他的生活，卻也安閒自在。天天在那裏做夢的人，他的對美的饑渴，就可以用夢裏的濃情來填塞，他是在天使的翼上過日子的人，還不至感得這人生的空虛。我是從小沒有野心的，如今到了人生的中道，對將來的希望，不消說是沒有了。我的過去的半生是一篇敗殘的歷史，回想起來，只有眼淚與悲嘆，幾年前頭，我還有一片享受這悲痛的餘情，還有些自欺自慰的夢想，到今朝非但享受這種苦中樂（sweet bitterness）的心思沒有了，便是愚人的最後的一件武器——開了眼睛做夢，——也被殘虐的運命奪去了。啊啊，年輕的維特呀，我佩服你的勇敢，我佩服你的有果斷的柔心！」

質夫提起筆來，對著了他那紅木邊的小玻璃窗，寫了這幾行字，就不再寫下去了。窗外是一個小小的花園，園裏栽著幾株梧桐樹和桂花樹，樹下的花壇上，正開著些西洋草花。梅雨晴時的太陽光線，灑在這嫩綠的叢葉上，反射出一層鮮艷的光彩來，大約蟬鳴的節季，來也不遠了。

園裏樹蔭下有幾隻半大的公雞母雞，咯咯的在被雨沖鬆的園地裏覓食，若沒有這幾隻雞的悠閒的喉音，這一座午後的庭園，怕將靜寂得與格離姆童話裏的被魔術封禁的城池無異了。

質夫擱下了筆，呆呆的對窗外看了好久，便同夢遊病者似的立了起來。在房裏走了幾圈，他忽覺得同時存在在這世界上的人類，與他親熱起來了。

他在一個月前頭，染了不眠症，食欲不進，身體一天一天的消瘦下去。無論上什麼地方去，他總覺得有個人跟在他的後面，在那裏催促他的樣子。他以爲東京市內的空氣不好，所以使他變成神經衰弱的，因此他就到這東中野的曠野裏，租了一間小屋子搬了過來。這小屋子的四面，就是荒田蔓草。他那小屋子有兩間平屋。一間是朝南的長方的讀書室。南面有一口小窗，窗外便是那小小的花園。一間是朝門的二丈寬的客室，客室的西面，便附著一個三尺長二尺寬的煮飯的地方。出了門，沿了一條溝水，朝北的走不上五十步路，便是一條鄉間的大道。這大道的東面，靠著一條綠草叢生的矮小山嶺，在這小山上有幾家紅頂的小別莊，藏在忍冬蔦蘿的綠葉堆中，他無聊的時候，每拿了一枝粗大的櫻杖，回繞了這座小山，在縱橫錯落的野道上試他的閒步。

當初搬來的時候，他覺得這同修道院似的生活，正合他的心境。過了幾天，他覺得流散在他周圍的同墳墓中一樣的沉默有些難耐起來了，所以他就去請了一位六十餘歲的老婆婆來和他同住。這老婆婆也沒有男人，也沒有親戚，本來是在質夫的朋友家裏幫忙的，他的朋友於一禮拜前頭回中國去了，所以質夫反做了一個人情，把她邀了過來。這老婆婆另外沒有嗜好，只喜歡養些家畜在她的左右，自從她和質夫同住之後，質夫的那間小屋子裏便多出了一隻小白花貓和幾隻雌雄雞來；質夫因爲孤獨得難堪，所以對這老婆婆的這一點少年心，也並不反對。有時質夫從他那書室的小玻璃窗裏探頭出去，看看那在花蔭貪午睡的小家畜，倒反覺得他那小屋的周圍，增加了一段和平的景象。

質夫同夢遊病者似的在書室裏走了幾圈，忽然覺得世間的人類與他親熱起來了。換了一套洋服，他就出了門緩緩的走上東中野郊外電車的車站上去。

他坐了郊外電車，一直到離最熱鬧的市街不遠的有樂町才下車。在太陽光底下，灰土很深的雜鬧的街上走來走去走了一會，他覺得熱起來了。進了一家冰淇淋水果店的二層樓上坐下的時候，他呆呆的朝窗外的熱鬧的市街看了一忽。他覺得這亂雜的熱鬧，人和人的糾葛、繁華、墮落、男女、物品、和其他的一切東西，都與他完全沒有關係的樣子。吃了一杯冰淇淋，一杯紅茶，他便叫侍女過來付錢。他把鈔票交給那侍女的時候，看見了那侍女的五個紅嫩的手指。一時的聯想，就把他帶到五年前頭的一場悲喜劇中間去。

也是六月間黃梅雨後的時節，他那時候還在N市高等學校裏念書。放暑假後，他的同學都回中國去了。他因爲神經衰弱，不能耐長途的跋涉，所以便一個人到離N市不遠的湯山溫泉去過暑假。在深山裏的這溫泉場，暑中只有幾個N市附近的富家的病弱兒女去避暑的。他那一天在梅雨晴後的烈日底下，沿了亂石巉岩的一條清溪，從矽石和泥沙結成的那條清潔的上山路，走到那溫泉場的一家旅館紅葉館的時候，已經是午後五點多鐘了，洗了澡，吃了晚飯，喝了幾杯啤酒，他日裏的疲倦就使他睡著了。不知道睡了幾個鐘頭，他那同沉在海底裏似的酣睡，忽被一陣開紙壁門的聲響所驚覺。他睜開了兩隻黑盈盈的眼睛，朝著紙壁門開響的地方一看，只見一個十六七歲的少女，消瘦長方的臉上，裝著一臉驚恐的形容，披散了漆黑的頭髮，長長的立在半開的紙壁門檻上。浮滿在室內的蒼黃的電燈光和她那披散的黑髮，更映出了她的面色的蒼白。她的一雙瞳神黑得很，大得很的眼睛，張著了在那裏注視質夫。她的灰白的嘴唇，全無血色，微微的顫動著，好像急得有話說不出來的樣子，窗外的雷雨聲，山間老樹的咆哮聲，門窗樓屋的震動聲，充滿了室中，質夫覺得好像在大海中遇著了暴風，船被打破了的樣子。

深山的夜半，一個人在客裏猛然醒來，遇見了這一場情景，質夫當然大吃了一驚。質夫與那少女呆呆的注視了一忽，那少女便走近質夫的床來，發了顫聲，對質夫說：

「……對對不起……對不……起得很，……在這……這半夜裏來驚醒你。……可……可是今天我我的運氣不好，偏偏母親回去了的今夜，就發起這樣大的風雨來。……我怕得很呀，我怕得很呀，是對不起得很……但是我請你今夜放我在這裏過一夜，這樣大的雷雨，我無論如何也不敢一個人住在間壁那樣大的房裏的。」

她講完了這幾句話，好像精神已經鎮靜起來了。臉上的驚恐的形容，去了一半，嫩白的頰上，忽然起了兩個紅暈。大約因爲質夫呆呆的太看得出神了，所以她的眼角上，露了一點害羞的樣子，把她那同米粉做成似的纖嫩的頸項，稍微動了一動，頭也低下去了。

當時只有二十一歲的質夫，同這樣妙齡的少女還沒有接觸過，急得他額上漲出了一條青筋，格格的講不出一句回話來。聽她講完了話，質夫才硬的開了口請她不要客氣，請她不要在席上跪著，請她快到藍綢的被上坐下。半吞半吐的說這些話的時候，質夫因爲怕羞不過，想做出一番動作來，把他那怕羞的不自然的樣子混過去，所以他一邊說，一邊就從被裏站了起來，跑上屋子的角上去拿了幾個坐墊來擺在他的床邊上。

質夫俯了首，在坐墊上坐下的時候，那少女卻早在質夫的被上坐好了。她看質夫坐定後，又連接著對質夫說：

「我們家住在N市內。我因爲染了神經衰弱症，所以學校裏的暑假考也沒有考，到此地來養病已經有一個多月了。我的母親本來陪我在這裏的，今天因爲她想回家去看看家裏的情形，才於午後下山去的。你在路上有沒有遇著？」

質夫聽了她的話，才想起了他白天火車站上遇著的那一個很優美的中年婦人。

「是不是一位三十五六歲的婦人？身上穿著紫色綢綢的衣服，外面罩著玄色的紗外套的？」

「是的是的，那一定是母親了。你在什麼地方看見她的？」

「我在車站上遇著的。我下車的時候，她剛到車站上。」

「那麼你是坐一點二十分的車來的麼？」

「是的！」

「你是N市麼?」

「不是。」

「東京麼?」

「不是。」

「學堂呢?」

質夫聽她問他故鄉的時候,臉上忽然紅了一陣,因爲中國人在日本是同猶太人在歐洲一樣,到處都被日本人所輕視的;及聽到她問他學校的時候,心裏卻感得了幾分驕氣,便帶了笑容指著衣架上掛著的有兩條白線的帽子說:

「你看那就是我的制帽。」

「哦,你原來也是在第X高等的麼?我有一位表哥你認識不認識?他姓N,是去年在英法科畢業的。今年進了東京的帝國大學,怕不久就要回來呢!」

「我不認識他,因爲我是德法科。」

窗外疾風雷雨的狂吼聲,竟被他們兩人的幽幽的話聲壓了下去。可是他們的話聲一斷,窗外的雨打風吹的響聲也馬上會傳到他們的耳膜上來。但是奇怪得很,他們兩人那樣依依對坐在那裏的中間,就覺得樓屋的震動,和老樹的搖撼全沒有一點可怕的地方。質夫聽聽她那柔和的話聲,看看她那可愛的相貌,心裏只怕雷雨就晴了。和她講了四五十分鐘的話,質夫竟好像同她自幼相識的樣子。兩人講到天將亮的時候。雷雨晴了。閒話也講完了。那少女好像已經感到了疲倦，竟把身子伏倒在質夫的被上，嘶嘶的睡著了。她睡著之後，質夫的精神愈加亢奮起來，他只怕驚醒了她的好夢，所以身體不敢動一動，但是他心裏真想伸出手來到她那柔軟的腰部前後去摸她一摸。她那伏倒的頸項後向的曲線，質夫在心裏完全的把它描寫了出來。

「從這面下去是肩峰，除去了手的曲線，向前便是胸部，唉唉，這胸部的曲線，這胸部的曲線，下去便是腹部腰部，……」

眼看著了那少女的粉嫩潔白的頸項，耳聽著了她的微微的鼾聲，他腦裏卻在那裏替她解開衣服來。他想到了她的腹部腰部的時候，他的氣息也屏住吐不出來了。一個有血液流著帶些微溫的香味的大理石的處女裸像，現在伏在他的面前。質夫心裏想哭又哭不出來，想啊啊的叫又叫不出來，他的臉色漲得同夾竹桃一樣的紅。他實在按捺不住了，便把右手輕輕的到她頭髮上去摸了一摸。她的鼾聲忽然停止了，質夫驟覺得眼睛轉了一轉黑，好像從高山頂上一腳被跌在深坑裏去的樣子。她果然舉起頭來，開了半隻朦朧的睡眼，微微的笑著對質夫說：

「你還醒著麼?怎麼不睡一下呢，我正好睡呀!對不起我要放肆了。」

含含糊糊的說了幾句話，她索性把身體橫倒，睡著在質夫被上。質夫看看她腰部和臀部的曲線，愈覺得眼睛裏要噴出火來的樣子，沒有辦法，他也只能在她的背後睡下。原來她是背朝了質夫打側睡的，質夫睡下的時候，本想兩頭分睡，後來因爲怕自家的腳要踢上她的頭去，所以只能和她並頭睡倒。他先是背朝背的，但是質夫的心裏，因爲不能看見她的身體，正同火裏的毛蟲一樣，苦悶得難堪。他在心裏思惱得好久，終究輕輕的把身子翻了過來，將他的面朝著了她的背。翻轉了身子，他又覺得苦悶得難堪。不知不覺輕輕地一點一點的他又把身子挨了過去。到了他自家的腹部離她的突出的後部只有二寸餘的時候，他覺得怎麼也不能再挨近前去了，不得已他只得把眼睛閉攏。但是一陣陣從她的肉體裏發散出來的香氣，正同刀劍一般，直割到他的心裏去。他眼睛閉了之後，倒反覺得她精赤裸裸的睡在他的胸前。他的苦悶到了極點了，「唉」的長嘆了一聲，放大了膽他就把身子翻了轉來，與她又成了個背朝背的局面。他因爲樣子不好看，就把腰曲了一曲，把兩隻腳縮攏了。

同上刑具被拷問似的苦了好久，到天亮之後，質夫才朦朧的睡著。他正要睡去的時候，那少女醒了。她翻過身來，坐起了半身，對質夫說：

「對不起得很，吵鬧了你一夜。天也明了，雷雨也晴了，我不怕什麼了，我要回到間壁自家的房裏去睡去。」

質夫被她驚醒，昏昏沉沉的聽了這幾句話，便連接著說：

「你說什麼話，有什麼對不起呢？」

等她走得隔壁門家房裏之後，質夫完全醒了。朝了她的紙壁看了一眼，質夫就馬上將身體橫伏在剛才她睡過的地方。質夫把兩手放到身底下去作了一個緊抱的形狀，他的四體卻感著一種被上留著的她的餘溫。閉了口用鼻子深深的在被上把她的香氣聞吸了一回，他覺得他的肢體都酥軟起來了。

質夫醒來，已經是午前十點鐘的光景，昨宵的暴風雨，不留半點痕跡，映在格子窗上的日光，好像在那裏對他說：

「今天天氣好得很，你該起來了。」

質夫起床開了格子窗一望，覺得四山的綠葉，清新得非常。從綠葉叢中透露出來的青天，也同秋天的蒼空一樣，使人對之能得著一種強健的感覺。含了牙刷，質夫就上溫泉池去洗浴去。出了格子窗門，在迴廊上走過隔壁的格子門的時候，質夫的末梢神經，感覺得她還睡在那裏。刷了牙，洗了面，浸在溫泉水裏，他從玻璃窗口看看戶外的青天，覺得身心爽快得非常，昨晚上的苦悶，正同惡夢一樣，想起來倒引起了自家的微笑。他正在那裏追想的時候，忽然聽見一種嬌脆的喉音說：

「你今天好麼！昨天可對你不起了，鬧了你一夜。」

質夫仰轉頭來一看，只見她那纖細的肉體，絲縷不掛，只兩手提了一塊毛巾，蓋在那裏；她那形體，同昨天他腦裏描寫過的竟無半點的出入。他看了一眼，漲紅了臉，好像犯了什麼罪似的，就馬上朝轉了頭，一面對她說：

「你也醒了麼？你今天覺得疲倦不疲倦？」

她一步一步的浸入了溫泉水裏，走近他的身邊來，他想不看她，但是怎麼也不能不看，他同餓狼見了肥羊一樣，飽看了一陣她的腰部以上的曲線，漸漸的，他覺得他的下部起起作用來了。在溫泉裏浸了許久，她總不走出水來，質夫等得急起來，就想平心靜氣的想想另外的事情，好教他的身體得復平時的狀態，但是在這禁果的前頭他的政策終不見效。不得已他直等得她回房間去之後，才走出水來。

吃完了朝中兼帶的飯，質夫走上隔壁的她的房裏去，他們講講閒話，不知不覺的天就黑了，平時他每嫌太陽的遲遲不落，今天卻只覺得落得太早。

第二天質夫又同她玩了一天，同在夢裏一樣，他只覺得時間過去得太快。

第三天的早晨，質夫醒來的時候，忽聽見隔壁她房裏，有男人的聲音在那裏問她說：

「你近來看不看小說？」（男音）

「我近來懶得很，什麼也不看。」（她）

「姨母說你太喜歡看小說，這一次來是她托我來勸止你的。」

「啊啦，什麼話，我本來是不十分看小說的。」

質夫尖著了兩耳聽了一忽，心裏想這男人定是她的表哥。他一想到了自家的孤獨的身世，和她的表哥對比對比，不覺滴了兩顆傷感的眼淚。不曉什麼原因，他心裏覺得這一回的戀愛事情已經終結了。

一個人在被裏想了許多悲憤的情節，哭了一陣。自嘲自罵的笑了一陣，質夫又睡著了。

這一天又忽而下起雨來了，質夫在被裏看看外面。覺得天氣同他的心境一樣，也帶著了灰色。他一直睡到十二點鐘才起來，洗了面，刷了牙，回到房裏的時候，那少女同一個二十七八歲的很時髦的大學生也走進了他的房裏。質夫本來是不善交際的，又加心裏懷著鬼胎，並且那大學生的品貌學校年齡，都在他之上，他又不得不感著一種劣敗的悲哀，所以見她和那大學生進來的時候，質夫急得幾乎要出眼淚，分外恭恭敬敬的遜讓了一番，講了許多和心裏的思想成兩極端的客氣話，質夫才覺得胸前稍微安閒了些。那少女替他們介紹之後，質夫方知道這真是她的表兄N。質夫偷眼看看那少女的面色，覺得今天她的容貌格外的好像覺得快樂。

三人講了些閒話，那少女和那大學生就同時的立了起來，告辭出去了。質夫心裏恨得很，但是你若問他恨誰，他又說不出來。他只想把他周圍的門窗桌椅完全敲得粉碎，才能泄他這氣憤。旅館的侍女拿飯來的時候，他命她拿了許多酒來飲了。中飯畢後，在房裏坐了一忽，他覺得想睡的樣子，在席上睡下之後，他聽見那少女又把紙壁門一開，進他的房來。質夫因爲恨不過，所以不朝轉身來向她說話。她一步一步的走近了他的身邊，在席上坐下，用了一隻柔軟的手搭上他的腰，含了媚意，問他說：

「你在這裏恨我麼？」

質夫聽了她這話，才把身子朝過來，對她一看，只見她的表哥同她並坐在那裏。質夫氣憤極了，就拿了席上放著的一把刀砍過去。一刀砍去，正碰著她的手臂，「刹」的一聲，她的一隻纖手竟被他砍落，鮮血淋漓的躺在席上。他拚命的叫了一聲，隔壁的那紙壁門開了，在五寸寬的狹縫裏，露出了一張紅白的那少女的面龐來，她笑微微的問說：

「你見了惡夢了麼？」

質夫擦擦眼睛，看看她那帶著笑容的紅白的臉色，怎麼也不信剛才見的是一場惡夢。質夫再注意看了她一眼，覺得她的臉色分外的鮮艷，頰上的兩顆血色，是平時所沒有的，所以就問說：

「你喝了酒了麼？」

「啊啦，什麼話，我是從來不喝酒的。」

「你表哥呢？」

「他還在浴池裏，我比他先出來一步，剛回到房裏，就聽見你大聲的叫了一聲。」

質夫又擦了一擦眼睛，注意到她那垂下的一雙纖手上去。左右看了一忽，覺得她的兩隻手都還在那裏，他才相信剛才見的是一場惡夢。

這一天下午三點鐘的時候，質夫冒了微雨，拿了一個小小的藤篋，走下山來趕末班火車回N市去，那少女和她的表哥還送了他一里多路。質夫一個人在湯山溫泉口外的火車站上火車的時候，還是呆呆的對著了湯山的高峰在那裏出神；那火車站的月臺板，若用分析化學的方法來分析起來，怕還有幾滴他的眼淚中的鹽分含在那裏呢。

質夫拿鈔票付給冰店裏那侍女的時候，見了她的五個嫩紅的手指，一霎時他就把五年前在溫泉場遇見的那少女的纖手聯想了出來。當他進這店的時候，質夫並沒注意到這店裏有什麼人。他只曉得命店裏的人拿了一杯冰淇淋來；吃完了冰淇淋，就又命拿一杯冰浸的紅茶來，既不知道他的冰淇淋和紅茶是誰拿來的，也不知道這店裏有幾個侍女。及到看見了那侍女的手指之後，他才曉得剛才的物事是她拿來的。仰起頭來向那侍女的面貌一看，質夫覺得面熟得很，她也嫣然對質夫笑了一臉問說：

「你不認識我了麼？」

她的容貌雖不甚美，但在平常的婦女中間卻係罕有的。一雙眼睛常帶著媚人的微笑，鵝蛋形的面龐，細白的皮膚。血色也好得很，質夫只覺得面熟，一時卻想不出在什麼地方見過的。她見質夫盡在那裏疑惑，便對他說：

「你難道忘了麼？Cafe sans souci②裏的事情，你難道還會忘記不成？」

被她這樣的一說，質夫才想了起來。Csfe sans souci是開在大學附近的一家咖啡店，他那時候，正在放浪的時候，所以時常去進出的。這侍女便是一二年前那咖啡店的當壚少婦。質夫點了一點頭，微微的笑了一臉，把五元的一張鈔票交給了她。她拿找頭來的時候，質夫正拿出一枝紙煙來吸，她就馬上把桌上的洋火點了給他上火。質夫道了一聲謝，便把找頭塞在她手裏，慢慢的下樓走了。又在街上走了一忽，拿出表來一看，還不甚遲，他便走到丸善書店去看新到的書去；許多新到的英德法國的書籍，在往時他定要傾囊購買的，但是他看了許多時候，終究沒有一本書能引起他的興味。他看看Harold Nicolson著的《Verlaine》③，看看Gourmont④的論文集《頹廢派論》，也覺得都無趣味。正想回出來的時候，他在右手的書架角上，卻見了一本黃色紙面的Dreams Book, Fortune Teller⑤，他想回家的時候電車上沒有書看，所以就買定了這本書。在街上走了一忽，他想去看看久不見面的一位同學，等市內電車到他跟前的時候，他又不願去了，所以就走向新橋的郊外電車的車站上來。買了一張東中野的乘車劵回到了家裏，太陽已將下山去了。

又是幾天無聊的日子過去了。質夫這次從家裏拿來的三百餘元錢，將快完了。

他今年三月在東京帝國大學的經濟學部，得了比較還好的成績卒了業，馬上就回國了一次。那時候他的意氣還沒有同現在一樣的消沉。他以爲有了學問，總能糊口，所以他到上海的時候，還並不覺得前途有什麼悲觀的地方。

陽曆四月初的時候，正是陽春日暖的節季，他在上海的同大海似的複雜的社會裏游泳了幾日，覺得上海的男男女女，穿的戴的都要比他高強數倍。當他回國的時候，他想中國人在帝國大學卒業的人並不多，所以他這一次回來，社會上占的位置定是不小的。及到上海住了幾天之後，他才覺得自家是同一粒泥沙混在金剛石庫裏的樣子。中國的社會不但不知道學問是什麼，簡直把學校裏出身的人看得同野馬塵埃一般的小。他看看這些情形又好氣又好笑，想馬上仍舊回到日本來，但回想了一下。

「我終究是中國人，在日本總不能過一生的，既回來了，我且暫時尋一點事情幹吧。」

他在上海有四五個朋友，都是在東京的時候或同過學或共過旅館的至友。一位姓M的是質夫初進高等學校時候的同住者，當質夫在那裏看幾何化學，預備高等學校功課的時候，M卻早進了某大學的三年級。M因為不要自家去考的，所以日本話也不學，每天盡是去看電影，吃大菜。有一天晚上吃得酒醉醺醺回來，質夫還在那裏念Tangent,cotangent,sine,cosine⑥，M嘴裏含了一枝雪茄煙，對質夫說：

「質夫，你何苦，我今天快活極了。我在岳陽樓（東京的中國菜館）裏吃晚飯的時候，遇著了一位中國公使館員。我替他付了菜飯錢，他就邀我到日本橋妓女家去逛了一次。唉，痛快痛快，我平生從沒有這樣歡樂的日子過。」

M話沒有說完，就歪倒在席上睡了；從此之後，M便每天跑上公使館去，有的時候到晚上十二點鐘前後，他竟有坐汽車回來的日子。M說公使待他怎麼好怎麼好，他請公使和他的姨太太上什麼地方去看戲吃飯。像這樣的話，M日日來說的。

一年之後質夫轉進了N市的高等學校，M卻早回了國。有一天質夫在上海報上看見M的名氏，說他做了某洋行的經理。M在上海是大出風頭的一個闊人了。質夫因為M是他的舊友，所以到上海住了兩三天之後，去訪問了一次。第一次去的時候，是午前十一點鐘前後，門房回覆他說：

「還沒有起來。」

第二天午後質夫又去訪問了一次，門房拿名片進去，質夫等了許多時候，那門房出來說：

「老爺出去了，請你有話就對我說。」

質夫把眼睛張了一張，把嘴唇咬了一口，吞了幾口氣，就對門房說：

「我另外沒有別的事情。」

質夫更有兩個至友是在C·P·書館裏當編輯的，本來是他的老同學。到上海之後，質夫也照例去訪問了一次。這兩位同學，因爲多念了幾年書，好像在社會上也沒有十分大勢力，還各自穿著一件藤青的嗶嘰洋服，臉上帶著了一道絕望的微笑，溫溫和和的在C·P·書館編輯所的會客室裏接待他。質夫講了幾句無關緊要的話，就告辭了。到了晚上五點鐘的時候，他的兩位同學到旅館裏來看質夫，就同質夫到旅館附近的一家北京菜館去吃晚飯。他們兩個讓質夫點菜，質夫因爲不曉得什麼菜好，所以執意不點。他們兩個就定了一個和菜，半斤黃酒。質夫問他們什麼叫做和菜。他們笑著說：

「和菜你都不曉得麼？」

質夫還有一位朋友，是他在N高等學校時代同住過的N市醫專的選科生。這一位朋友在N市的時候，是以吸紙煙貪睡出名的，他的房裏都是黑而又短的吸殘的紙煙頭，每日睡在被窩裏吸吸紙煙，唱幾句不合板的「小東人」便是他的日課。他在四五年前回國之後，質夫看見報上天天只登他的廣告。這一次質夫回到上海，問問旅館裏的茶房，茶房都爭著說：

「這一位先生，上海有什麼人不曉得呢！他是某人的女婿，現在他的生意好得很呀！」

質夫因爲已經訪問過M，同M的門房見過二次面，所以就不再去訪問他這位朋友了。

質夫在上海旅館裏住了一個多月，吃了幾次和菜，看了幾回新世界大世界裏的戲，花錢倒也花得不少。他看看在中國終究是沒有什麼事情可幹了，所以就跑回家去托他母親向各處去借了三百元錢，仍復回到日本來作閒住的寓公。

質夫回到日本的時候，正是夾衣換單衣的五月初旬。在雜鬧不潔的神田的旅館裏住了半個月，他的每年夏天要發的神經衰弱症又萌芽起來了。不眠，食欲不進，白日裏覺得昏昏欲睡，疏懶，易怒，這些病狀一時的都發作了。他以爲神田的空氣不好，所以就搬上了東中野的曠野裏去住。他搬上東中野之後，只覺得一天一天的消沉了下去。平時他對於田園情景，是非常愛惜的，每當日出日沒的時候，他也著實對了大自然流過幾次清淚，但是現在這自然的佳景，亦不能打動他的心了。

有一天六月下旬的午後，朝晨下了一陣微雨，所以午後太陽出來的時候，覺得清快得很。他呆呆的在書齋裏坐了一忽，因七月七快到了，所以就拿了一本《天河傳說》（The romance of the milky way）出來看，翻了幾頁，他又覺得懶看下去；正坐得不耐煩的時候，門口忽然來了一位來訪的客人。他出去一看，卻是他久不見的一位同學。這位同學本來做過一任陸軍次長，他的出來留學，也是有文章在裏面的。質夫請他上來坐下之後，他便對質夫說：

「我想於後天動身回國，現在L氏新任總統，統一問題也有些希望，正是局面展開的時候，我接了許多北京的同事的信，促我回去，所以我想回國去走一次。」

質夫聽了他同學的話，心裏想說：

「南北統一，廢督裁兵，正是很有希望的時候；但是這些名目，難道是真的爲中國的將來計算的人作出來的麼？不是的，不是的，他們不過想利用了這些名目，來借幾億外債，大家分分而已。統一，裁兵，廢督，名目是好得很呀！但外債借到，大家分好之後，你試看還有什麼人來提起這些事情。再過幾年，必又有一班人出來再提倡幾個更好的名目，來設法借一次外債的。革命，共和，過去了，制憲，地方自治也被用舊了。現在只能用統一，裁兵，廢督，來欺騙國民，借幾個外債。你看將來必又有人出來用了無政府主義的名目來立名謀利呢。聰明的中國人呀，你們想的那些好名目，大約總有一國人來實行的。我勸你們還不如老老實實的說『要名！要利！預備做奴隸』的好呀！」

質夫心裏雖是這樣的想，口裏卻不說一句話；想了一陣之後，他又覺得自家的這無聊的愛國心沒有什麼意思，便含了微笑，輕輕的問他的同學說：

「那麼你坐幾點鐘的車上神戶去？」

「大約是坐後天午後三點五十分的車。」

講了許多閒話，他的朋友去了。質夫便拿了櫻杖，又上各處野道上去走了一回。吃了晚飯，汲了一桶井水，把身體洗了一洗，質夫就服了兩服催眠粉藥入睡了。

六月二十八日的午後，倒也是一天晴天。質夫吃了午飯，從他的東中野的小屋裏出來上東京中央驛去送他的同學回國。他到東京驛的時候已經是二點五十分了。他的同學臉上出了一層油汗，盡是匆匆的在那裏料理行李並和來送的人行禮。來送的人中間質夫認識的人很多。也有幾位穿白衣服戴草帽的女學生立在月臺上和他的同學講話。質夫因爲怕他的應接不暇，所以同他點了一點頭之後，就一個人清踽踽的站開了。來送的人中，有一位姓W的大學生，也是質夫最要好的朋友。W看見質夫遠遠的站在那裏，小嘴上帶了一痕微笑，他便慢慢的走近了質夫的身邊來。W把眼睛閉了幾次，輕輕的問質夫說：

「質夫，二年前你拚死的崇拜過的那位女英雄，聽說今天也在這裏送行，是哪一個？」

質夫聽了只露了一臉微笑，便慢慢的回答說：

「在這裏麼？我看見的時候指給你看就對了。」

二年前頭，質夫的殉情熱意正漲到最高度的時候，在愛情上蹉跌了幾次。有一天正是懊惱傷心，苦得不能生存的時候，偶然在同鄉會席上遇見了一位他的同鄉K女士。當時K女士正是十六歲。臉上帶有一種純潔的處女的嬌美，並且因爲她穿的是女子醫學專門學校的黑色制服，所以質夫一見，便聯想到文藝復興時代的聖畫上去，質夫自從那一天見她之後，便同中了催眠術的人一般，到夜半風雪凜冽的時候，每一個人喝醉了酒，走上她的學校的附近去探望。後來他知道她不住在那學校的寄宿舍裏，便天天跑上她住的地方附近去守候。那時候質夫寄住在上野不忍池邊的他的朋友家裏。從質夫寓處走上她住的地方，坐郊外電車，足足要三十幾分鐘。質夫不怨辛苦，不怕風霜雨雪，只管天天的跑上她住的地方去徘徊顧望。事不湊巧，質夫守候了兩個多月，終沒有遇著她一次；並且又因為惡性感冒流行的緣故，有一天晚上他從那地方回來，路上冒了些風寒，竟病了一個多月。後來因為學校的考試和種種另外的關係，質夫就把她忘記了。

質夫病倒在病院裏的時候，他的這一段癩蝦蟆想吃天鵝肉的故事，竟傳遍了東京的留學生界。從那時候起直到現在，質夫從沒有見過她一面。前二月質夫在中國的時候，聽說她在故鄉湖畔遇見了一個歹人，淘了許多氣。到如今有二個多月了，質夫並不知道她在中國呢或在東京。

質夫遠遠的站著，用了批評的態度在那裏看那些將離和送別的人。聽見發車的鈴響了，質夫就慢慢的走上他同學的車窗邊上去。在送行的人叢裏，他不意中竟看見了一位帶金絲平光眼鏡的中國女子。質夫看了一眼，便想起剛才他同學W對他說的話來。

「原來就是她麼？長得多了。大得多了。面色也好像黑了些。穿在那裏的白色中國服也還漂亮，但是那文藝復興式的處女美卻不見了。」

這樣的靜靜兒的想了一遍，質夫聽見他的朋友從車窗裏伸出頭來向他話別：

「質夫，你也早一點回中國去吧，我一到北京就寫信來給你。……」

火車開後，質夫認識的那些送行的人，男男女女，還在那裏對了車上的他的同學揮帽子手帕，質夫一個人卻早慢慢的走了。

東中野質夫的小屋裏又是幾天無聊的夏日過去了。那天午後他接到了一封北京來的他同學的信，說：

「你的位置已經為你說定了，此信一到，馬上就請你回到北京來。」

質夫看了一遍，心裏只是淡淡的。想寫回信，卻是難以措辭。以目下的心境而論，他卻不想回中國去，但又不能辜負他同學的好意。質夫拿了一枝紙煙吸了幾口，對了桌上的鏡子看了一忽，就想去洗澡去。洗了澡回來，喝了一杯啤酒，他就在書齋的席上睡著了。

又過了幾天，質夫呆呆的在書齋裏睡了一日。吃完了晚飯出去散步回來，已經九點鐘了。他把抽斗抽開來想拿催眠藥服了就寢，卻又看見了幾日前到的他同學的信。他直到今朝，還沒有寫回信給他同學。擱下了催眠藥，他就把信箋拿出來想作回信。把信箋包一打開來，半個月前頭他寫的一張小說不像小說，信不像信的東西還在那裏。他從第一句「我近來的心理狀態，正不曉得怎麼才寫得出來。……」看起，靜靜的看了一遍，看到了末句的「……啊啊年輕的維特呀，我佩服你的勇敢，我佩服你的有果斷的柔心。」

他的嘴角上卻露了一痕冷笑。靜靜的想了一想，他又不願意寫信了。把催眠藥服下，滅去了電燈，他就躺上他的褥上去就睡，不多一忽，微微的鼾聲，便從這灰黑的書室裏傳了出來。書齋的外面，便是東中野的曠野，一幅夏夜的野景橫在星光微明的天蓋下，大約秋風也快吹到這島國裏來了。

一九二二年七月改作

注釋

①本篇最初發表於一九二二年《創造》季刊第二期，題名為《風鈴》。一九三五年收入《達夫短篇小說集》時，改為《空虛》。

②法語：無憂無慮咖啡店。

③英文，《魏爾蘭》，哈羅德·尼科爾森著。

④英文，古爾蒙，法國作家，象徵派理論家。

⑤英文，《說夢·算命》。

⑥英文，分別為「相切的」、「餘切」、「無」、「餘弦」之意。

血淚①

一

在異鄉飄泊了十年，差不多我的性格都變了。或是暑假裡，或是有病的時候，我雖則也常回中國來小住，但是複雜黑暗的中國社會，我的簡單的腦子怎麼也不能瞭解。

有一年的秋天，暑氣剛退，澄清的天空裡時有薄的白雲浮著，錢塘江上兩岸的綠樹林中的蟬聲，在晴朗的日中，正一天一天減退下去的時候，我又害了病回到了故鄉。那時候正有種種什麼運動在流行著，新聞雜誌上，每天議論得昏天黑地。我一回到家裡，就有許多年輕的學生來問我的意見，他們好像也把我當作了新人物看了，我看了他們那一種熱心的態度，胸中卻是喜歡得很，但是一聽到他們問我的言語，我就不得不呆了。他們問說：

「你是主張什麼主義的？」

我聽了開頭的這一句話就覺得不能作答，所以當時只吸了一口紙煙，把青煙吐了出來，用嘴指著那一圈一圈的青煙，含笑回答說：

「這就是我的主義。」

他們聽了笑了一陣，又問說：

「共產主義你以為如何？」

我又覺得不能作答，便在三炮臺罐裡拿了一枝香煙請那問者吸；他點上了火，又向我追問起前問的答覆來。我又笑著說：

「我已經回答你了，你還不理解麼？」

「說什麼話！我問你之後你還沒有開過口。」

我就指著他手裡的香煙說：

「這是誰給你的？」

「是你的。」

「這豈不是共產主義麼？」

他和大家又笑了起來。我和他們講講閒話，看看他們的又嫩又白的面貌，——因爲他們都是高等小學生——覺得非常痛快，所以老留他們和我共飯。但是他們的面上好像都有些不滿足的樣子，因爲我不能把那時候在日本的雜誌上流行的主義介紹給他們聽。

有一天晚上，南風吹來，有些微涼，但是因爲還是七月的中旬，所以夜飯吃完後，不能馬上就去上床，我和祖母母親坐在天井裡看青天裡的秋星和那淡淡的天河。我的母親幽幽的責備我說：

「你在外國住了這樣長久，究竟在那裡學些什麼？你看我們東鄰的李志雄，他比你小五歲，他又不上外國去，只在杭州中學校裡住了兩年，就曉得許多現在有名的人的什麼主義，時常來對我們講的。今年夏天，他不是因能講那些主義的緣故，被人家請去了麼？昨天他的父親還對我說，說他一個月要賺五十多塊錢哩。」

我聽了這一段話，也覺得心裡難過得很。因爲我只能向乾枯的母親要錢去花，那些有光彩的事情，卻一點也做不出來，譬如一種主義的主張，和新聞雜誌上的言論之類我從來還沒有做過，所以我的同鄉，沒有一個人知道我，我的同學，沒有一個人記著我，如今非常信用我的母親，也疑惑我起來了。我眼看著了暗藍的天色，盡在那裡想我再赴日本的日期和路徑，母親好像疑我在傷心了，便又非常柔和的說：

「達！你要吃蛋糕麼？我今天托店裡做了半籠。還沒對你說呢！」

我那時候實在是什麼也吃不下，但是我若拒絕了，母親必要哀憐我，並且要痛責她自己埋怨我太厲害了，所以我就對她說：

「我要吃的。」

她去拿蛋糕的時候，我還呆呆的在看那秋空，我看見一個星飛了。

二

第二年的秋天，我又回到北京長兄家裡去住了三個月。那時候，我有一個同鄉在大學裡唸書。有一天我在S公寓的同鄉那裡遇著了二位我同鄉的同學，他們問了我的姓名，就各人送了我一個名片：一位姓陳的是一個十八九歲的美少年，他的名片的姓名上刻著基而特社會主義者，消費合作團副團長，大學雄辯會幹事，經濟科學生的四行小字；一位姓胡的是江西人，大約有三十歲內外的光景，面色黝黑，身體粗大得很，他的名片上只刻有人道主義者，大學文科學生的兩個銜頭。

他們開口就問我說：

「足下是什麼主義？」

我因爲看見他們好像是很有主張的樣子，所以不敢回答，只笑了一笑說：

「我還在唸書，沒有研究過各種主義的得失，所以現在不能說是贊成哪一種主義反對哪一種主義的。」

江西的胡君就認真的對我說：

「那怎麼使得呢！你應該知道現在中國的讀書人，若沒有什麼主義，便是最可羞的事情，我們的同學，差不多都是有主義的。你若不以我爲僭越，我就替你介紹一個主義吧。現在有一種世界主義出來了。這一種主義到中國未久，你若奉了它，將來必有好處。」

那美少年的陳君卻笑著責備姓胡的說：

「主義要自家選擇的，大凡我們選一種主義的時候，總要把我們的環境和將來的利益仔細研究一下才行。考察不周到的時候，有時你以爲這種主義一定會流行的，才去用它。後來局面一變，你反不得不吃那主義的虧。所以到了那時候，那主義若是你自家選的呢，就同啞子吃黃連一樣，自打自的嘴巴罷了，若是人家勸你選的呢，那你就不得不大抱怨於那勸你選的人。所以代人選擇主義是很危險的。」

我聽了陳君的話，心裡感佩得很，以爲像那樣年輕的人，竟能講出這樣老成的話來。我呆了一會，心裡又覺得喜歡，又覺的悲哀。喜歡的就是目下中國也有這樣有學問有見識的青年了；一邊我想到自家的身上，就不得不感著一種絕大的悲哀：

「我在外國圖書館裡同坐牢似的坐了六七年，到如今究竟有一點什麼學問？」

我正呆呆的坐在那裡看陳君的又紅又白的面龐，門口忽又進來了一位駝背的青年。他的面色青得同菜葉一樣，又瘦又矮的他的身材，使人看不出他的年齡來。青黃的臉上架著一雙鐵邊的近視眼鏡。大約是他的一種怪習慣，看人的時候，每不正視，不是斜了眼睛看時，便把他的眼光跳出在那又細又黑的眼鏡圈外來偷看。我被他那麼看了一眼，胸中覺得一跳，因爲他那眼鏡圈外的眼光好像在說：

「你這位青年是沒有主義的麼？那真可憐呀！」

我的同鄉替我們介紹之後，他又對我斜視了一眼，才從他那青灰布的長衫裡摸了一張名片出來。我接過來一看，上邊寫著「人生藝術主唱者江濤，浙江」的幾個字，我見了浙江兩字，就感覺著一種親熱的鄉情，便問他說：

「江先生也是在大學文科裡唸書的麼？」

他又斜視了我一眼，放著他那同貓叫似的喉音說：

「是的是的，我們中國的新文學太不行了。我今天《晨報》上的一篇論文你看見了麼？現在我們非要講為人生的藝術不可。非要和勞動者貧民表同情不可。他們西洋人在提倡第四階級的文學，我們若不提倡第五第六階級的文學，怎麼能趕得他們上呢？況且現在中國的青年都在要求有血有淚的文學，我們若不提倡人生的藝術，怕一般青年就要罵我們了。」

江君講到這裡，胡君光著兩眼，帶了怒，放大了他那洪鐘似的聲音叱著說：

「江濤，你那人生藝術，本來是隸屬於我的人道主義的。為人生的藝術是人道主義流露在藝術方面的一端。你講話的時候絕不提起你的主義的父祖，專在那些小問題上立論，我是非常反對的，並且你那名片上也不應該只刻人生藝術那幾個字，因為人生藝術還沒有成一種主義，你知道麼？你在名片上無論如何，非要刻人道主義者不可，你立刻去改正了吧！」

胡君江君爭論了兩個鐘頭，還沒有解決，我看看太陽已經下山了，再遲留一刻，怕在路上要中了秋寒，所以就一個人走了。我走到門口的時刻，聽見屋裡爭執的聲音更高了起來，本來是膽子很小，並且又非常愛和平的我，一邊在灰土很深的日暮的街上走回家來，一邊卻在心裡祈禱著說：

「可敬可愛的諸位主義的鬥將呀，願你們能保持和平，尊重人格，不至相打起來。」

三

我回到哥哥家裡，看見哥哥在上房廳上與侄兒虎子和侄女定子玩耍。一把洋燈的柔和的光線，正與這中產家庭的空氣相合，溶溶密密的照在哥哥和侄兒侄女的歡笑的面上。我因怕把他們歡樂的小世界打破，便走近坐在燈下按鋼琴的嫂嫂身邊去。嫂嫂見了我，就停住了手，問我說：

「你下半天上什麼地方去了？」

「上S公寓去了一回。」

「你們何以談了這麼久？」

「因爲有兩個大學生在爭論主義的範圍，所以我一時就走不脫身了。」

嫂嫂叫廚子擺上飯來的時候，我還是呆呆的在那裡想：

「我何以會笨到這步田地。讀了十多年的死書，我卻一個徹底的主義都還沒有尋著。罷了罷了，像我這樣的人，大約總不合於中國的社會的。」

這一年九月裡，我因爲在荒廢的圓明園裡看了一宵月亮，露宿了一晚，便冒了寒，害了一場大病，我病癒了，將返日本的時候，看見《晨報》上有一段記事說：

「今秋放洋的官費留學生中，當以××大學學生胡君陳君爲最優良。胡君提倡人道主義，他的事業言論，早爲我們所欽佩，這一次中了T校長的選，將他保薦官費留學美國，將來成就定是不少的。陳君年少志高，研究經濟素有心得，將來學成歸國，想定能爲我們經濟社會施一番改革。」

這是三年前的事情，到了三年後的今日，我也不更聽見胡陳二君在何處，推想起來，他們兩位，大約總在美國研究最新最好的主義。

人近了中年，年輕時候的夢想不得不一層一層的被現實的世界所打破，我的異鄉飄泊的生涯，也於今年七月間結束了。我一個人手裡捧了一張外國大學的文憑，回到上海的時候，第一次歡迎我的就是趕上輪船三等艙裡來的旅館的接客者。——謝絕之後，拿了一個破皮包，走到了稅關外的白熱的馬路上的時候，一群獰猛的人力車伕，又向我放了一陣歡迎的噪聲。我穿了一套香港布的舊洋服，手裡拿了一個皮包，爲太陽光線一照，已經覺得頭有些昏了；又被那些第四階級的同胞拖來拖去的拉了一陣，我的腦貧血症，忽而發作了起來。我只覺得眼睛前面飛來了兩堆山也似的黑影，向我的頭上拚死的壓了一下，以後的事情，我就不曉得了。

我在睡夢中，幽幽的聽見了一群噪聒的人從我的身邊過去了。我忽而想起了年少時候的情節來。當時我睡在母親懷裡，到了夜半，母親叫我醒來，把一塊米粉糕塞在我的口裡，我閉著眼睛，把那塊糕咬嚼了幾口，聽母親糊糊塗塗的講了幾句話，就又睡著了。我睜開眼睛來一看，覺得身上的衣服濕得很。向四邊一望，我才曉得我仍睡在稅關外的馬路邊上。路上不見人影，太陽也將下山去了。黃浦江的彼岸的船上，還留著一道殘陽的影子，映出了許多景致。我看看身邊上，那個破皮包還在那裡。呆呆的在地上坐了一會，我才把從久住的日本回到故國來的事情，和午後一二點鐘飢餓得死去活來，方才從三等艙上了岸，在稅關外受了那些人力車伕的競爭的事情，想了出來。

我那時候因爲飢餓和衰弱的緣故竟暈倒了。站起了身，向四邊看了一回，終不見一個人影。我正在沒法的時候，忽聽見背後有腳步跑響了。回轉頭來一看，在三菱公司碼頭房那邊，卻閃出了一乘人力車來。車上坐著一個洋服的日本人。他在碼頭房的後門口下車了。

我坐了這乘車，到四馬路的一家小旅館裡住下，把我的破皮包打開來看的時候，就覺得我的血管都冰結住了。我打算在上海使用的一包紙幣，空剩了一個紙包，不知被誰拿去了。我把那破皮包到底的尋了一遍，終尋不出一張紙幣來。吃了晚飯，我就慢慢的走上十六鋪的一位同鄉的商人那裡去。在燈火下走了半天，才走到了他的家裡，講了幾句閒話之後，我問他借錢的時候，他把眉頭一皺，默默的看了我一眼。那時候要是地底下有一個洞，怕我已經鑽下去了。他把頭彎了一彎，想了一想，就在袋裡拿了兩塊大洋出來說：

「現在市面也不好，我們做生意的人苦得很哩！」

要在平時我必把那兩塊錢丟上他的臉去，問他個侮辱我的罪，但是連坐電車的錢也沒有的我，就不得不恭恭敬敬的收了過來。

四

我想回到家裡去，但是因為沒有路費，所以就不得不在上海住下了。有一天晚上九點鐘的時候，我賣了一件冬天的舊外套，得了六角小洋，在一家賣稀飯的店裡吃得飽滿，慢慢的——因為這幾天來，我衰弱得不堪，走不快了，——走出來的時候，在三馬路的拐角上忽然遇著了那位××大學的同鄉。他叫了我一聲，我倒駭得一跳，因為我那香港布的洋服已經髒得不堪了，老在怕人疑我作扒手。我回轉頭來一看，認得是他，雖則一時漲紅了臉，覺得羞愧得很，但心裡卻也喜歡得很。

他說：

「啊，兩年不見，你老得多了。你害病麼？現在住在什麼地方？」

我聽了他這兩句話，耳根又漲紅了，因爲我這幾天住所是不定的。我那破皮包，裡邊也沒有什麼衣服了，我把它寄在靜安寺路的一個廟裡的佛櫃下。白天我每到外白渡橋的公園裡去看那些西洋的小孩兒遊玩，到了晚上，在四馬路大馬路的最熱鬧的地方走來走去的走一回，就擇了清靜簡便的地方睡一忽。半夜醒來的時候，若不能再睡，我就再起來閒走一回，走得倦了，就隨便更選一個地方睡下。像這樣無定所的我，遇著了那位富有的同鄉，被他那麼一問，教我如何答覆呢？我含含糊糊的講了幾句話，問他住在什麼地方。他說：

「我現在在一品香，打算一禮拜就上杭州去的。」

我和他一路走來，已經看得出跑馬廳的空地了。他邀我上他的旅館裡去，我因爲我的洋服太髒，到燈火輝煌的一品香去，怕要損失我同鄉的名譽，所以只說：

「天氣熱得很，我們還是在外面走走好。」

我幾次想開口問他借錢，但是因爲受了高等教育的束縛，終覺得講不出來。到後來我就鼓著勇氣問他說：

「你下半年怎麼樣？」

「我已經在杭州就了一個二百塊錢的差使，下半年大約仍在杭州的。你呢？」

「我啊，我，我是苦得不堪！非但下半年沒有去的地方，就是目下吃飯的錢都沒有。」
「你曉得江濤麼？」
「我不曉得。」
「他是我的同學。現在在上海闊綽得很。他提倡的人生藝術現在大流行了。你若沒有事情，我就替你介紹，去找找他看吧！」
他給了我一張名片，對我講了一個地名，教我於第二天的午後六七點鐘以前去見江濤。
第二天我一早起來，就跑上我同鄉介紹給我的那地方去。找來找去找了半天，我才把那所房屋找著了。我細細的向左右看了一看，把附近的地理牢記了一回，便又跑上北四川路外的郊外去閒走去。無頭無緒的跑了五六個鐘頭，在一家鄉下的館子裡吃了六七個肉湯團，我就慢慢的走回到江某的住宅所在的那方面來。灼熱的太陽，一刻也不假借，把它的同火也似的光線灑到我的身上來，我的洋服已經有一滴一滴的汗水滴下來了。慢慢的走上了江家的住宅，正好是四點半鐘的光景，我敲門進去一看，一個十八九歲的丫頭命我在廳上坐著等候。等了半點多鐘，我今天一天的疲倦忽而把我征服了，我就在一張長椅上昏昏的睡著。
不知睡了多久，我覺得有人在那裡推我醒來。我睜開眼睛一看，只見一個臉色青黃，又瘦又矮的駝背青年立在我的面前。他那一種在眼鏡圈外視人的習慣，忽而使我想起舊時的記憶來。我便恭恭敬敬的站起來問說：

「是江先生麼？我們好像曾經見過面的。」

「我是江濤，你也許是已經見過我的，因爲我常上各處去演講，或者你在講演的時候見過我也未可知。」

他那同貓叫似的喉音，愈使我想到三年前在我同鄉那裡遇著他的時候的景象上去。我含糊的恭維了一陣，便把來意告訴了。

江濤又對我斜視了一眼說：

「現在滬上人多事少，非但你東洋留學生找不到事情，就是西洋留學生閒著的也很多呢！況且就是我們同主義的人，也還有許多沒有位置。因爲我也是一個人道主義者，所以對你們無產階級是在主義上不得不抱同情，但是照目下的狀態看來，是沒有法子的。你的那位同鄉，他境遇也還不錯，你何不去找他呢？」

我把目下困苦的情形訴說了一遍。他又放著了貓叫似的喉音說：

「你若沒有零用錢，倒也不難賺幾個用用。你能做小說麼？」

我急得沒有法子，就也誇了一個大口，回答說：「小說我是會做的。」

「那麼你去做一篇小說來賣給我就對了。你下筆的時候，總要抱一個救濟世人的心情才好。」

「這事恐怕辦不到，因爲我現在自家還不能救濟，如何能想到救濟世人上去。」

「事實是事實，主義是主義，你要賣小說，非要趨附著現代的思潮不可。最好你去描寫一個勞動者，說他如何如何的受苦，如何如何的被資本家虐待。文字裡要有血有淚，才能感動人家。」

我連接答應了幾個是，就告了辭出來。在夕陽晼晚的街上，我慢慢的走了一會，胸中忽覺得有一塊隱痛，只是吐不出來的樣子。走到滬寧火車站的邊上，我的眼淚就忍不住的滴下來了。昨晚上當的那件外套的錢，只有二角銀角子和六七個銅板了，我若去買了紙筆呢，今晚上就不得不餓著去做小說，若去吃了飯呢，我又沒有方法去買紙筆。想了半天，我就乘了電車，上一品香的那同鄉那裡去。因為我的衣服太襤褸了，怕被茶房喝退，所以我故意挺了胸膈，用了氣力，走上帳房那裡去問我同鄉住房的號數。因為中國人是崇拜外國文的，所以我就用了英文問那帳房。問明了號數，跑上去一看，我的同鄉正不在家。我又用了英文，叫那茶房開了門，就進去坐定了。桌子上看來看去看了一會，我終尋不出紙來，我便又命茶房把筆墨紙取了過來，擺在我的面前。等茶房出去之後，我就一口氣寫成了三四千字的一篇小說。內容是敘著一個人力車伕，因為他住的同豬圈似的一間房屋又要加租了，他便與房東鬧了一場。員警來的時候，反而說他不是，要押他到西牢裡去。他氣得沒法，便一個人跑上酒鋪子去喝得一個昏醉。已經是半夜了。他醉倒在靜安寺路的馬路中間睡著了。一乘汽車從東面飛跑過來，將他的一隻叉出的右足橫截成了兩段。他醒轉來的時候，就在月亮底下，抱著了一隻鮮血淋漓折斷了的右足痛哭了一場。

因為在這小說裡又有血又有淚，並且是同情第四階級的文字，所以我就取了「血淚」兩字作了題目。我寫好之後，我的同鄉還沒有回來，看看桌上的鐘，已經快九點了。我忽覺得肚子裡飢餓得很，就拿了那篇《血淚》一個人挺了胸膈，大踏步的走了出來，在四馬路的攤上買了幾個饅頭，我就一邊吃一邊走上電車停留處去。

到了江濤的地方，敲開了他的門，把原稿交給了他，我一定要他馬上為我看一遍。他默默的在電燈底下讀了一遍，斜視了我一眼，便對著我說：

「你這篇小說與主義還合，但是描寫得不很好，給你一塊錢吧。」

我聽了這話，便喜歡得了不得，拿了一塊錢，謝了幾聲，我就告辭退出了他的公館。在街上走了一會，我覺得我已經成了一個小說家的樣子。看看手裡捏著的一塊銀餅，心裡就突突的跳躍了起來。走到滬寧火車站的前頭，我的腳便不知不覺的進了一家酒館。我從那家酒館出來的時候，杭州開來的夜車已經到了。我只覺得我的周圍的大地高天，房屋車馬都有些在那裡旋轉的樣子，我慢慢的衝來衝去的走著，一邊卻在心裡打算：

「今晚上上什麼地方去過夜呢？」

一九二二年八月四日於上海

注釋

①本篇最初發表於一九二二年八月八日、十二日、十三日上海《時事新報》副刊《學燈》。

孤獨①

時代　現代。

地方　北京。

人物　陳二老，年五十一歲（崑曲的師傅）。

李芳人，名妓，年十九歲。

老媽。

積水潭對岸，臨水柳蔭中一所清閒的小屋，乃李芳人養病之所。中偏左壁上掛些精緻的書畫和簫，笛，胡琴，月琴樂器。正中懸一副泥金小對，是「芳草有情皆礙馬，人間送別不宜秋」兩句集唐元人詩的聯語，旁有數行小字，乃題贈人敘述兩詩句出處及與芳人離時情景者。房之正中置長方桌一，斜靠中壁左壁有沙發二，右壁窗前設安樂椅若干張，左右壁各有門一，內外上下置黃菊花若干盆。右壁牆上有大窗一，能看見半潭秋水及遠處積水潭洲上野寺的紅牆，並牆下水邊的柳樹岩石之類。更遠處德勝門一帶的城牆，隱約可見。窗上掛一鳥籠，內養蘆花白黃頭雀一。其他一切陳設簡雅，不愧爲首都名妓的起坐室。

是晚秋時候。午後的陽光，曬在窗外遠景上。半角晴天，也從窗裏看得出來。微風吹動鳥籠，嗚聲時有所聞。

陳二老——清秀老人，嘴上下有數寸長鬚，戴古式大眼鏡，穿紫青大布棉袍，黃色素緞舊背心。深坐右邊安樂椅上，諦聽左邊沙發上芳人的低唱。

李芳人面色清瘦，身材中小，一雙靈活的眼睛，表明她是個多情的女子。容貌與倫勃蘭脫畫的薩斯克牙約略相似。額上髮直梳上。穿時式白灰嗶嘰的短襖，藍黑花緞的背心和大腳湖色杭縐的褲子。伏躺在左邊沙發上讀曲譜，兩手捧書，支著上半身。兩腳朝上反蹺，一雙黑絲襪和一對紫紅花緞鞋包著一雙纖細的腳膀和一雙細長的腳。

李　（**清脆的喉音，協調低唱**）伬仩。五．五．六．工六。伬仩．五五仩．六．六．六．工六五。伬仩五。六五六工。六五仩。六五。六工。六五六。工。五仩仩五。仩五。仩伬仩。五。六工。五仩六五六．五仩伬。仩五。六五。五。工工六五。六。五六。工六。六仩五六。工。尺。工六。五仩五六。上。四尺上。四上。一（**抬頭斜視二老**）可是這樣的麼？（**二老點頭**）對了麼？那麼讓我來唱歌：（**又低聲唱**）嘆知交一時散休，到家中急難再遊，猛然間淚流，猛然間淚流，可爲甚攜手相看，兩意悠悠，腸斷江南，夢落揚州，向晚霞江上銷憂，還送送，怎遲留。（**復抬頭斜視二老**）這曲兒也唱得對麼？

陳　（**微笑**）大致是不錯，不過唱到攜手相看的手字的時候，音還該放高一點，底下的相字更要高了。

李　二老！這本曲譜，我就是恨它沒有前後的說白，所以這是誰唱的，那是誰唱的，全辨不出來。你橫竪是無所不知，無所不曉的人，可能告訴我剛才唱的是誰講的話？

陳　這是六合周弁和田子華別揚州淳于氏的話。最好的朋友，在暮秋草木凋謝的時候，要分東分西的別離，你看悲哀不悲哀呀！所以周田二人唱的這前腔，是有無限的悲哀含在裏頭的。從「向晚霞江上銷憂」起本來是三人合唱的，所以音要雄厚充實才行，我小的時候，曾聽過福勝班唱的這齣戲來，後場又好，唱工又好，這才是絕唱哩！

李　怎麼你們小時候流行過的崑曲，又會流行起來的呢？

陳　聽戲原是閒空人的事情，偏是閒空人的嗜好最容易變換，你看我們的衣服不是一忽兒變大，一忽兒變小，一忽兒行長，一忽兒行短的麼？翻來覆去，都是因爲那遊蕩人的易厭的心思在那裏作怪之故，把那閒空有錢的階級滅絕的時候，你試看還有什麼流行什麼復古沒有？

李　那時候還有誰來供給我的金錢呢？你豈不是也不能活著了麼？

陳　（長嘆一聲）唉，像我這樣的老人，便死了也不算怎麼一回事，可是你……芳人姑娘呀……像你這樣的人（悲嘆悔恨，一時並集），像你這樣的人會淪落……唉唉，我不不……我不能講下去了。

李　你老人家又要哭起來了。我的淪落，又不是你老人家害我的，萬事都是運命，我爲著自家的身世，還不曾流過眼淚，倒是你來之後，誘我哭了許多回數。唉，人生的悲苦原是前生注定的呀！

陳　（悲哀欲泣）芳人姑娘，芳人姑娘，你莫再講下去了，莫再講下去了。我聽到你這一番言語，覺得更是傷心，唉唉，人生原做不得錯事的，我苦得很呀！苦得很呀！

李　我們不講這些話吧，二老！前月你教我的那齣《還魂記》覺得詞句還比這《南柯記》好些，唱也比這《南柯記》好唱得多。

陳　（悲哀餘韻尚在）那自然哩，你書也念過幾遍，戲也聽過幾遍，還不容易麼？

李　（坐起來對二老）二老！我真不懂你那些學問是從哪裡得來的，那本《牡丹亭》要不受你的一年教訓，我哪裡能念呢！你可能把你前半生的經歷講給我聽聽？

陳　我不是講給你聽過了麼？我自小就不願意念書，從家裏逃了出來，所以到如今老了，只能靠著教教你們姑娘們的崑曲吃飯。

李　這話我已經聽見過了，我終究不信你的話，你可能把你的真的過去講給我聽麼？我們二人中間還有什麼猜疑出來！我的自小的歷史，不是都講給你聽了麼？你還是怕羞呢，還是在疑我？

陳　芳人姑娘你講的什麼話，我要疑你，還是疑我這老腦袋的好（以手拍頭），你還說我在疑你麼？芳人姑娘，你可知道天下有許多事情是講不出來的！講得出來的苦是假苦，講不出來的苦才是真苦哩！芳人姑娘，人都說眼淚是悲哀的表徵，不知內面包含著眼淚的微笑更是悲哀的表徵呀！

唉唉！

李　難道世上還有比我更苦的人麼？

陳　芳人姑娘，芳人姑娘，你的苦是我，我……啊……啊……我……

李　是你所難信的麼？

陳　（瞑目搖頭）不不……不是的……！

李　（悲寂的形容）你又要誘我流眼淚了。

陳　啊啊！眼淚若能洗得淨罪孽，豈不好麼！（沉默。蘆花白鳴聲）

李　（半似問人半似問己）我到此地來養病，怕已有兩個月了。（以左手拇指二指量右手柄）可憐我的身體，還是瘦得這個樣兒，我怕沒有痊癒的希望了。

陳　（更悲痛）芳人姑娘你講什麼話，醫生不是講過了麼，叫你要把心放寬來，今天我講了些無聊的話，又害你傷感起來，該打該打。又是我們每天出去散步的時候了，就從此出去吧，倒比在家裏講那些無聊的話有意思。（以手指窗外）你看天氣多好啊！

李　外邊涼麼？

陳　怎麼不涼，太陽一忽兒就要下山了，回來的時候別凍出病來，芳人姑娘，你快去換件衣服來吧。

（李芳人自左壁門退。沉默少時。

陳　（悲嘆）啊啊！愈想愈覺得她是我的……（音忽低落，若自驚失言，忙以手掩口，伸首向左右望，探悉無人後復嘆）唉唉，二十年前，我也是個紅顏美少年，那一年鄉試落第以後，我落魄江湖，哪一處不逛，哪一處不遊，偏在上海，爲荇香留戀了四五年。到了第五個年頭，我和她生的那小女孩正將滿三歲的時候，她看看我的幾十萬家產已經蕩盡了，就冷落我起來。唉唉，仔細想來，這也是常事，最後的那一晚我不該辱罵她的。她不是說月經剛來麼？（靜默……沉思……低聲）像她們那樣夜以當日的人，本來身體是同粉紙貼成的一樣的，哪裡經得起那樣的痛罵，那樣的毒打。唉唉！她那披散了頭髮哭倒在床上的樣子，我到如今還記得清清楚楚，我不料三個月之內我不到她家去，她就會死了，我那女孩兒就會被人家買了去的。我也於她死後離開了上海，飄流了這二十餘年，過盡了醜惡的一世，也曾教過書，也曾作過人家的帳房，到如今老來卻落得教人歌舞。唉，人生的變幻，真是無窮的呀，但是我終覺得她就是我的（又忽自覺失言，下二字卻欲噤不能）冬姑！

（李芳人換上了蝦青緞子的棉襖從壁門入。）

李　你不怕冷麼？

陳　我的衣服是盡夠了。

李　我們就出去吧。

（陳起身由窗外望，風聲，德勝門遠在斜陽裏。）

陳　呀！風聲漸大了，這可去不得，去了你的病又會加重，我們今天莫去了吧。

〔李芳人走近窗前往遠方望去。

李　好風景啊！像一幅什麼圖畫似的。

陳　（以手遠指）你看那暮煙中隱隱浮著的青山就是盧龍山的支脈呀。

李　這樣一個大平原裏，何以只有幾叢疏疏落落的矮樹？

陳　北地苦寒，所以長不成茂林修竹。

李　可憐我也是江南的一株小草，如今移到了這冷酷的北地裏，也就不得不凋落了。

陳　芳人姑娘，你何以又要講這樣傷心的話。

李　我不曉得是怎麼的，近來心裏只覺得悲傷。看了這些秋來的草木，我就要想到人生的凋落上去。無論看見什麼東西，都是如此的。譬如看看我養著的那蘆花白，我就要設想到一天秋寒的晚上，牠在月光底下，停在一株枯樹上哀叫，嚴冷的秋風，使牠的叫聲發顫。牠哀叫幾聲，吐幾口血，就把頭低下，掉在地上死了。我這樣的想一陣，把自家的身世與牠一比，就覺得悲從中來，每把牠那小籠緊緊的抱著痛哭。前幾天你從外面回來，不是看見了麼？你還問我「誰抓了你的小鳥了麼？」你要問我哭的緣因，我總是講不出來。有時候我忽有一種想回南邊去的熱望，有時候我又忽想一個人到無人住的世界盡頭去。然而再想一想，回南邊去你有親人在麼？一個人到了世界盡處，絕無人住的地方不就是死麼？我卻又不得不流淚了。每回我看到這樣遼闊的風景，我的想到世界外去的想頭，就要抬起頭來，要是你不在這裏，怕我又要流淚了呢！

陳　芳人姑娘，你應該知道，這些空想最傷人的身體，以後還須把心放寬些。

李　我也是這樣的想，但是無論如何，這些想頭，總不能離開我。尤其是在睡不著的長夜裏，我在床上看見月光冷悄悄的從窗縫裏射進來的時候，心裏就覺得非常落寞，若再聽幾聲窗外的息索息索的落葉的聲音，我的眼淚就要止不住的落下來。二老，我索性講給你聽吧！我看了你的樣子，暗地裏也在流眼淚的呀。（沉默片時）我去年在慶豐園初見你的時候，就注意著你，那時候你是跟了醉瓊仙來的。我問了醉瓊仙才知道你是她的崑曲的師傅。我回家去也一定要學崑曲，後來媽媽被我吵不過就來請你，今年三月裏，阿靈（爪子）走了，我家裏就沒有男人了，我就要媽媽請你到我們家裏來住。媽媽雖不是我親生的娘，但是因爲我自小由她養大的，所以也很疼我。我講的話，她從來沒有一句不依的，因此你就於四月初頭搬進來了我們家裏。我正在想，那懶惰鬼走了，從此我們家裏可以弄得好好的了，又誰知媽媽就會生病死的呢！（悲泣）

陳　（低頭視膝，唏噓之聲）……

（暫時沉默，蕭蕭落葉的聲音。

陳　芳人姑娘，天晚了，怕傷了身體，我們歇歇吧。

李　我真捨不得這畫一般的風景，再站一忽兒吧。

陳　你看那城下菜田中間有一個人在走路。

李　這便是人生的一幅縮寫圖呀！獨自一個人在冷清清的長途，孤孤單單地多寂寞喲！

陳　快看那燦爛的晚霞呀！多麼壯麗，卻又多麼優美！

李　我好像在做夢似的。

陳　你老喜歡做夢的。

李　因爲夢裏的情景比醒時更好呀。

陳　噯噯，你正是識悲哀的年紀了，也怪不得你說這些話。

李　這話怎麼講呢？

陳　我們人類生在世上，無論男女必有一個發育很旺的時期。精神太旺的時候，世上的事情，若不能如我們的意，我們就要生出許多悲感來。芳人姑娘，目下你的心境也是如此的。

李　噯噥，也許是如此的，我目下的所謂不如意，就是媽媽的死和我自家的病吧。

陳　不只如此而已，你現在還缺少一件最要緊的物事。

李　可是錢麼？我在班子裏的時候，媽媽爲我積蓄的也很不少，就是像現在一樣的閒耍三五年，也很能敷用，我想最要緊的物事總不外乎此了。

陳　（搖頭）不是的，不是的。

李　那麼是什麼呢？

陳　我怕提醒了你的好夢，還是不說的好，將來不得不和你說的時候，再和你說吧。

李　（默視二老）……

陳　芳人姑娘，還是歇下的好吧，秋風冷得很呀，天也晚了。（陳挽李芳人向左壁門退，日已晚）

李　（停住）不如他們把我的寢床推到這裏來，我們談談話，倒比一個人睡在房裡好過一點。

（向門裡叫）誰在那邊呀？

（老媽持燭上，置蠋台於桌上，室內漸明，窗外漸暗。

李　請你把我的寢床推來。

（老媽下，推寢床上。

李　（臥下）二老！你老人家也在椅中歇歇吧。

（陳移安樂椅於床邊坐下。

（老媽雙手捧藥碗上。

（陳起身扶李坐起，李飲藥。

李　謝謝。（復臥下）

（老媽攜碗去，陳復坐下。

（窗外雨聲。

李　外邊在下雨麼？

陳　何以知道？

李　寂靜之中，好像聽得見雨點的聲音似的。

陳　藥剛服下，你安睡一忽吧。

李　我覺得寂寞得很，不敢睡下去，好像一睡下去，就不得醒轉來的祥子。媽媽說過我的親生母也是很年輕就死了的。所以我時常覺得死神一刻都不離我的門前，只等時辰到了，就要敲門進來似的。

陳　這是什麼話！

李　二老！我寂寞得很呀！

陳　我卻不覺得寂寞。

李　假的假的，我看你的面色，是比我還更寂寞。

陳　芳人姑娘，你且試睡一下看。

李　我終不能睡，也不敢睡。像這樣風雨蕭條的晚上，我每覺得好像有不知道的人，要來催逼我到不知道的地方去的樣子。

陳　這是你的幻想！

李　我有時覺得有一位白衣的觀世音，同雪片似的飛舞到我的床前來，要我和她同去。或者有一位蓑衣草笠的老人家，擎了一盞燈籠，七緯七緯的走到我們門口來打門，連夜的催我回江南去。他似乎說，「江邊有一隻小船雇好了，我們乘這燈光的微明，就上船去吧！」遠遠的有犬在那兒吠，你聽得出麼？

陳　我聽不出來，這都是你的幻想。

〔沉默。風聲。

李　風聲加緊了，我終覺得寂寞得很。（喀作）

陳　芳人姑娘，你心裏可好過？

李　唉，心裏並沒有什麼難過，我只怪我生在這樣大的世界。何以會一個親人都沒有？（泣聲）二老！我愛你得很，我愛你得很呀，除你以外，我能愛而且愛我的人一個也沒有了。

陳　（淚聲）芳人姑娘！可是我的罪重如山，不是值得你愛的人啊！……不要再講這些話了，我我我我我真難受啊。

李　我也難受得很，但是不講悶著更是難受。

陳　我們人類，本是孤獨的，一個人生下地來，就不得不一個人還歸地下去，孤獨便是我們的命運呀。

李　我不信的，我怎麼也不能信的。這樣大的世界中，我想總有許多不孤獨的人在那裏，唉，可憐我的雙親早故了。

（泣）

陳　（亦泣）芳人姑娘，芳人姑娘，我有一句話問你，你的乳名可是冬姑？

李　喔呀！你怎麼會知道的？

陳　（驚訝）是麼！是麼！唉唉！

李　二老！你怎麼會知道我的乳名？

陳　噯，我彷彿聽人說過似的。

李　你問他幹什麼？

陳　不幹什麼，我不過問問你看，想把你的思想引到你幼小時候的回想裏去。

李　兒時的記憶，覺得是很近也覺得是很遠的樣子。我還記得三四歲的時候，有一位很溫和的老先生，常給我糕糖果子吃的，我現在想起來，覺得他還在我的面前一樣，現在不知他在不在上海了，我真想回南邊去呀。

陳　待你病好了，我們同回南邊去吧，莫多談了，你睡吧。

李　你也睡吧。（沉默。芳入睡去，陳二老輕輕起立，步至窗前）

陳　（幽幽的獨語）啊啊，可憐我明知她是我的冬姑，卻不能認她，……認了她，使她知道自己是我們的罪惡的結果，使她知道種種醜惡的現實。啊啊！這是何等痛苦的事情啊！……可是……難道我們人類應該是互相隔絕，不得不與孤獨同入墓下的麼？啊啊，人類的運命啊，老後的餘生啊，我覺得世間萬物，都帶著這夜間的灰色似的。……

幕下

一九二二，十月三十一日。

注釋

①本篇最初發表於一九二二年《創造》（季刊）第一卷第三期，題為《孤獨的悲哀》，文末有編者成仿吾的附言：

「達夫的《信陵君之死》總不寄來，這回卻寄來了這樣的一篇短劇。這劇的內容很簡單，或許有人以為易於做到，然而過細看來，卻實有不可及的地方。不過這裏登出來的，是經過我改編過的，因為本期延擱已久，急於付印，還沒有求達夫的認可，這是我在這裏不可不聲明的。仿吾。」

作者於一九二七年將本篇收入《達夫全集》第三卷時，改篇名為現題。

采石磯①

文章憎命達，魑魅喜人過。
——杜甫

一

自小就神經過敏的黃仲則，到了二十三歲的現在，也改不過他的孤傲多疑的性質來。他本來是一個負氣殉情的人，每逢興致激發的時候，不論講得講不得的話，都漲紅了臉，放大了喉嚨，抑留不住的直講出來。聽話的人，若對他的話有些反抗，或是在笑容上，或是在眼光上，表示一些不贊成他的意思的時候，他便要拚命的辯駁，講到後來他那又黑晶晶的眼睛老會張得很大，好像會有火星飛出來的樣子。這時候若有人出來說幾句迎合他的話，那他必喜歡得要奮身高跳，他那雙黑而且大的眼睛裏也必有兩泓清水湧漾出來，再進一步，他的清瘦的頰上就會有感激的眼淚流下來了。

像這樣的發泄一會之後，他總有三四天守著沉默，無論何人對他說話，他總是噤口不作回答的。在這沉默期間內，他也有一個人關上了房門，在那學使衙門東北邊的壽春園西室裏兀坐的時候，也有青了臉，一個人上清源門外的深雲館懷古台去獨步的時候，也有跑到南門外姑熟溪邊上的一家小酒館去痛飲的時候。不過在這期間內他對人雖不說話，對自家卻總是一個人老在幽幽的好像講論什麼似的。他一個人，在這中間，無論上什麼地方去，有時或輕輕的吟誦著詩或文句，有時或對自家嘻笑嘻笑，有時或望著了天空而作嘆惜，況似忙得不得開交的樣子。但是一見著人，他那雙呆呆的大眼，舉起來看你一眼，他臉上的表情就會變得同毫無感覺的木偶一樣，人在這時候遇著他，總沒有一個不被他駭退的。

學使朱筍河雖則非常愛惜他，但因為事務煩忙的緣故，所以當他沉默憂鬱的時候，也不能來為他解悶。當這時候，學使左右上下四五十人中間，敢接近他，進到他房裏去與他談幾句話的，只有一個他的同鄉洪稚存。與他自小同學，又是同鄉的洪稚存，很瞭解他的性格。見他與人論辯，憤激得不堪的時候，每肯出來為他說幾句話，所以他對稚存比自家的弟兄還要敬愛。稚存知道他的脾氣，當他沉默起頭的一兩天，故意的不去近他的身。有時偶然同他在出入的要路上遇著的時候，稚存也只裝成一副憂鬱的樣子，不過默默的對他點一點頭就過去了。待他沉默過了一兩天，暗地裏看他好像有幾首詩做好，或者看他好像已經在市上酒肆裏醉過了一次，或在城外孤冷的山林間痛哭了一場之後，稚存或在半夜或在清晨，方敢慢慢的走到他的房裏去，與他爭誦些《離騷》或批評韓昌黎李太白的雜詩，他的沉默之戒也就能因此而破了。

學使衙門裏的同事們，背後雖在叫他作黃瘋子，但當他的面，卻個個怕他得很。一則因為他是學使朱公最鍾愛的上客，二則也因為他習氣太深，批評人家的文字，不顧人下得起下不起，只曉得順了自家的性格，直言亂罵的緣故。

他跟提督學政朱筠河公到太平，也有大半年了，但是除了洪稚存朱公二人而外，竟沒有一個第三個人能同他講得上半個鐘頭的話。凡與他見過一面的人，能瞭解他的，只說他恃才傲物，不可訂交，不能瞭解他的，簡直說他一點學問也沒有，只仗著了朱公的威勢愛發脾氣。他的聲譽和朋友一年一年的少了下去，他的自小就有的憂鬱症反一年一年地深起來了。

二

乾隆三十六年的秋也深了。長江南岸的太平府城裏，已吹到了涼冷的北風，學使衙門西面園裏的楊柳梧桐榆樹等雜樹，都帶起鵝黃的淡色來。園角上荒草叢中，在秋月皎潔的晚上，凄凄唧唧的候蟲的鳴聲，也覺得漸漸的幽下去了。

昨天晚上，因爲月亮好得很，仲則竟犯了風露，在園裏看了一晚的月亮，在疏疏密密的樹影下走來走去的走著，看看地上同嚴霜似的月光，他忽然感觸舊情，想到了他少年時候的一次悲慘的愛情上去。

「唉唉！但願你能享受你家庭內的和樂！」

這樣的嘆了一聲，遠遠的向東天一望，他的眼睛，忽然現出了一個十六歲的伶俐的少女來。那時候仲則正在宜興氿里讀書，他同學的陳某龔某都比他有錢，但那少女的一雙水盈盈的眼光，卻只注視在瘦弱的他的身上。他過年的時候因爲要回常州，將別的那一天，又到她家裏去看她，不曉是什麼緣故，這一天她只是對他暗泣而不多說話。同她痴坐了半個鐘頭，他已經走到門外了，她又叫他回去，把一條當時流行的淡黃綢的汗巾送給了她。這一回當臨去的時候，卻是他要哭了，兩人又擁抱著痛哭了一場，把他的眼淚，都揩擦在那條汗巾的上面。一直到航船要開的將晚時候，他才把那條汗巾收藏起來，同她別去。這一回別後，他和她就再沒有談話的機會了。他第二回重到宜興的時候，他的少年悲哀，只成了幾首律詩，流露在抄書的紙上：

大道青樓望不遮，年時繫馬醉流霞；風前帶是同心結，杯底人如解語花。下杜城邊南北路，上闌門外去來車。匆匆覺得揚州夢，檢點閒愁在鬢華。

喚起窗前尚宿醒，啼鵑催去又聲聲。丹青舊誓相如札，禪榻經時杜牧情。別後相思空一水，重來回首已三生。雲階月地依然在，細逐空香百遍行。

遮莫臨行念我頻，竹枝留惋淚痕新。多緣刺史無堅約，豈視蕭郎作路人。望里彩雲疑冉冉，愁邊春水故粼粼。珊瑚百尺珠千斛，難換羅敷未嫁身。

從此音塵各悄然，春山如黛草如煙。淚添吳苑三更雨，恨惹郵亭一夜眠。詎有青鳥緘別句，聊將錦瑟記流年。他時脫便微之過，百轉千回只自憐。

後三年，他在揚州城裏看城隍會，看見一個少婦，同一年約三十左右、狀似富商的男人在街上緩步。他的容貌絕似那宜興的少女，他晚上回到了江邊的客寓裏，又做成了四首感舊的雜詩。

風亭月榭記綢繆，夢裏聽歌醉裏愁。牽袂幾曾終絮語，掩關從此入離憂。明燈錦幄珊珊骨，細馬春山翦翦眸。最憶頻行尚回首，此心如水只東流。

而今潘鬢漸成絲，記否羊車並載時；挾彈何心驚共命，撫孤底苦破交枝。如馨風柳傷思曼，別樣煙花惱牧之。莫把鵾弦彈昔昔，經秋憔悴為相思。

柘舞平康舊擅名，獨將青眼到書生，輕移錦被添晨臥，細酌金卮遣旅情。此日雙魚寄公子，當時一曲怨東平。越王祠外花初放，更共何人緩緩行。

非關惜別為憐才，幾度紅箋手自裁。湖海有心隨穎士，風情近日逼方回。多時掩幔留香住，依舊窺人有燕來。自古同心終不解，羅浮塚樹至今哀。

他想想現在的心境，與當時一比，覺得七年前的他，正同陽春暖日下的香草一樣，轟轟烈烈，剛在發育。因爲當時他新中秀才，眼前尚有無窮的希望，在那裏等他。

「到如今還是依人碌碌！」

一想到現在的這身世，他就不知不覺的悲傷起來了，這時候忽有一陣涼冷的西風，吹到了園裏。月光裏的樹影索索落落的顫動了一下，他也打了一個冷痙，不曉得是什麼緣故，覺得毛細管都悚豎了起來。

「似此星辰非昨夜，爲誰風露立中宵？」

於是他就稍微放大了聲音把這兩句詩吟了一遍，又走來走去的走了幾步，一則原想藉此以壯壯自家的膽，二則他也想把今夜所得的這兩句詩，湊成一首全詩。但是他的心思，亂得同水淹的蟻巢一樣，想來想去怎麼也湊不成上下的句子。園外的圍牆拱裏，打更的聲音和燈籠的影子過去之後，月光更潔練得怕人了。好像是秋霜已經下來的樣子，他只覺得身上一陣一陣的寒冷了起來。想想窮冬又快到了，他篋裏只有幾件大布的棉衣，過冬若要去買一件狐皮的袍料，非要有四十兩銀子不可，並且家裏他也許久不寄錢去了，依理而論，正也該寄幾十兩銀子回去，爲老母輩添置幾件衣服，但是照目前的狀態看來，叫他能到何處去弄得這許多銀子？他一想到此，心裏又添了一層煩悶。呆呆的對西斜的月亮看了一忽，他卻順口念出了幾句詩來：

「茫茫來日愁如海，寄語羲和快著鞭。」

回環念了兩遍之後，背後的園門裏忽而走了一個人出來，輕輕的叫著說：「好詩好詩，仲則！你到這時候還沒有睡麼？」

仲則倒駭了一跳，回轉頭來就問他說：

「稚存！你也還沒有睡麼？一直到現在在那裏幹什麼？」

「竹君要我爲他起兩封信稿，我現在剛擱下筆哩！」

「我還有兩句好詩，也念給你聽罷，『似此星辰非昨夜，爲誰風露立中宵？』」

「詩是好詩，可惜太衰颯了。」

「我想把它們湊成兩首律詩來，但是怎麼也做不成功。」

「還是不做成的好。」

「何以呢？」

「做成之後，豈不是就沒有興致了麼？」

「這話倒也不錯，我就不做了吧。」

「仲則，明天有一位大考據家來了，你知道麼？」

「誰呀？」

「戴東原。」

「我只聞諸葛的大名，卻沒有見過這一位小孔子，你聽誰說他要來呀？」

「是北京紀老太史給竹君的信裏說出的，竹君正預備著迎接他呢！」

「周秦以上並沒有考據學，學術反而昌明，近來大名鼎鼎的考據學家很多，僞書卻日見風行，我看那些考據學家都是盜名欺世的。他們今日講詩學，明日弄訓詁，再過幾天，又要來談治國平天下，九九歸原，他們的目的，總不外乎一個翰林學士的銜頭，我勸他們還是去參注酷吏傳的好，將來束帶立於朝，由禮部而吏部，或領理藩院，或拜內閣大學士的時候，倒好照樣去做。」

「你又要發痴了，你不怕旁人說你在妒忌人家的大名的麼？」

「即使我在妒忌人家的大名，我的心地，卻比他們的大言欺世，排斥異己，光明得多哩！我究竟不在陷害人家，不在卑污苟賤的迎合世人。」

「仲則，你在哭麼？」

「我在發氣。」

「氣什麼？」

「氣那些掛羊頭賣狗肉的未來的酷吏！」

「戴東原與你有什麼仇？」

「戴東原與我雖然沒有什麼仇，但我是嫉惡如仇的。」

「你病剛好，又憤激得這個樣子，今晚上可是我害了你了，仲則，我們為了這些無聊的人嘔氣也犯不著，我房裏還有一瓶紹興酒在，去喝酒去吧。」

他與洪稚存兩人，昨晚喝酒喝到雞叫才睡，所以今朝早晨太陽射照在他窗外的花壇上的時候，他還未曾起來。

門外又是一天清冷的好天氣。紺碧的天空，高得渺渺茫茫。窗前飛過的鳥雀的影子，也帶有些悲涼的秋意。仲則窗外的幾株梧桐樹葉，在這浩浩的白日裏，雖然無風，也蕭索地自在凋落。

一直等太陽射照到他的朝西南的窗下的時候，仲則才醒，從被裏伸出了一隻手，撩開帳子，向窗上一望，他覺得晴光射目，竟感覺得有些眩暈。仍復放下了帳子，閉了眼睛，在被裏睡了一忽，他的昨天晚上的亢奮狀態已經過去了，只有秋蟲的鳴聲，梧桐的疏影和雲月的光輝，成了昨夜的記憶，還印在他的今天早晨的腦裏，又開了眼睛呆呆的對帳頂看了一回，他就把昨夜追憶少年時候的情緒想了出來。想到這裏，他的創作欲已經抬頭起來了。從被裏坐起，把衣服一披，他拖了鞋就走到書桌邊上去。隨便拿起了一張桌上的破紙和一枝墨筆，他就叉手寫出了一首詩來：

絡緯啼歇疏梧煙，露華一白涼無邊，纖雲微蕩月沉海，列宿亂搖風滿天。誰人一聲歌子夜，尋聲宛轉空台榭，聲長聲短雞續鳴，曙色冷光相激射。

三

仲則寫完了最後的一句，把筆擱下，自己就搖頭反覆的吟誦了好幾遍。呆著向窗外的晴光一望，他又拿起筆來伏下身去，在詩的前面填了「秋夜」兩字，作了詩題。他一邊在用僕役拿來的面水洗面，一邊眼睛還不能離開剛才寫好的詩句，微微的仍在吟著。

他洗完了面，飯也不吃，便一個人走出了學使衙門，慢慢的只向南面的龍津門走去。十月中旬的和煦的陽光，不暖不熱的灑滿在冷清的太平府城的街上。仲則在藍蒼高天底下，出了龍津門，渡過姑熟溪，盡沿了細草黃沙的鄉間的大道，在向著東南前進。道旁有幾處小小的雜樹林，也已現出了凋落的衰容，枝頭未墜的病葉，都帶了黃蒼的濁色，盡在秋風裏微顫。樹梢上有幾隻烏鴉，好像在那裏讚美天晴的樣子，呀呀的叫了幾聲。仲則抬起頭來一看，見那幾隻烏鴉，以樹林作了中心，卻在晴空裏飛舞打圈，樹下一塊草地，顏色也有些微黃了。草地的周圍，有許多縱橫潔淨的白田，因爲稻已割盡，只留了點點的稻草根株，靜靜的在享受陽光。仲則向四面一看，就不知不覺的從官道上，走入了一條衰草叢生的田塍小路裏去。走過了一塊乾淨的白田，到了那樹林的草地上，他就在樹下坐下了。靜靜地聽了一忽鴉噪的聲音。他舉頭卻見了前面的一帶秋山，劃在晴朗的天空中間。

「相看兩不厭，只有敬亭山。」

這樣的念了一句，他忽然動了登高望遠的心思。立起了身，他就又回到官道上來了。走了半個鐘頭的樣子，他過了一條小橋，在橋頭樹林裏忽然發見了幾家泥牆的矮草舍。草舍前空地上一隻在太陽裏躺著的白花犬，聽見了仲則的腳步聲，嗚嗚的叫了起來。半掩的一家草舍門口，有一個五六歲的小孩跑出來窺看他了。仲則因爲將近山麓了，想問一聲上謝公山是如何走法的，所以就對那跑出來的小孩問了一聲。那小孩把小指頭含在嘴裏，好像怕羞似的一語也不答又跑了進去。白花犬因爲仲則站住不走了，所以叫得更加厲害。過了一會，草舍門裏又走出了一個頭上包青布的老農婦來。仲則作了笑容恭恭敬敬的問她說：

「老婆婆，你可知道前面的是謝公山不是？」

老婦搖搖頭說：

「前面的是龍山。」

「那麼謝公山在哪裡呢？」

「不知道，龍山左面的是青山，還有三里多路啦。」

「是青山麼？那山上有墳墓沒有？」

「墳墓怎麼會沒有！」

「是的，我問錯了，我要問的，是李太白的墳。」

「噢噢，李太白的墳麼？就在青山的半腳。」

仲則聽了這話，喜歡得很，便告了謝，放輕腳步，從一條狹小的歧路折向東南的謝公山去。謝公山原來就是青山，鄉下老婦只曉得李太白的墳，卻不曉得青山一名謝公山，仲則一想，心裏覺得感激得很，恨不得想拜她一下。他的很易激動的感情，幾乎又要使他下淚了。

他漸漸的前進，路也漸漸窄了起來，路兩旁的雜樹矮林，也一處一處的多起來了。又走了半個鐘頭的樣子，他走到青山腳下了。在細草簇生的山坡斜路上，他遇見了兩個砍柴的小孩，唱著山歌，挑了兩肩短小的柴擔，兜頭在走下山來。他立住了腳，又恭恭敬敬的問說：

「小兄弟，你們可知道李太白的墳是在哪裡的？」

兩小孩好像沒有聽見他的話，儘管在向前的衝來。仲則讓在路旁，一面又放聲發問了一次。他們因為盡在唱歌，沒有注意到仲則；所以仲則第一次問的時候，他們簡直不知道路上有一個人在和他們兜頭的走來，及走到了仲則的身邊，看他好像在發問的樣子，他們才歇了歌唱，忽而向仲則驚視了一眼。聽了仲則的問話，前面的小孩把手向仲則的背後一指，好像求同意似的，回頭來向後面的小孩看著說：

「李太白？是那一個墳吧？」

後面的小孩也爭著以手指點說：

「是的，是那一個有一塊白石頭的墳。」

仲則回轉了頭，向他們指著的方向一看，看見幾十步路外有一堆矮林，矮林邊上果然有一穴，前面有一塊白石的低墳躺在那裏。

「啊，這就是麼？」

他的這嘆聲裏，也有驚喜的意思，也有失望的意思，可以聽得出來。他走到了墳前，只看見了一個雜草生滿的荒塚。並且背後的那兩個小孩的歌聲，也已漸漸的幽了下去，忽然聽不見了，山間的沉默，馬上就擴大開來，包壓在他的左右上下。他為這沉默一壓，看看這一堆荒塚，又想到了這荒塚底下葬著的是一個他所心愛的薄命詩人，心裏的一種悲感，竟同江潮似的湧了起來。

「啊啊，李太白，李太白！」

不知不覺的叫了一聲，他的眼淚也同他的聲音同時滾下來了。微風吹動了墓草，他的模糊的淚眼，好像看見李太白的墳墓在活起來的樣子。他向墳的周圍走了一圈，又回到墓門前來跪下了。

他默默的在墓前草上跪坐了好久。看看四圍的山間透明的空氣，想想詩人的寂寞的生涯，又回想到自家的現在被人家虐待的境遇，眼淚只是陸陸續續的流淌下來。看看太陽已經低了下去，墳前的草影長起來了，他方把今天睡到了日中才起來，洗面之後跑出衙門，一直還沒有吃過食物的事情想了起來，這時候卻一忽兒的覺得饑餓起來了。

四

他挨了餓，慢慢的朝著了斜陽走回來的時候，短促的秋日已經變成了蒼茫的白夜。他一面賞玩著日暮的秋郊野景，一面一句一句的盡在那裏想詩。敲開了城門，在燈火零星的街上，走回學使衙門去的時候，他的弔李太白的詩也想完成了。

束髮讀君詩，今來展君墓。清風江上灑然來，我欲因之寄微慕。嗚呼，有才如君不免死，我固知君死非死，長星落地三千年，此是昆明劫灰耳。高冠岌岌佩陸離，縱橫學劍胸中奇，陶鎔屈宋入大雅，揮灑日月成瑰詞。當時有君無著處，即今遺躅猶相思。醒時兀兀醉千首，應是鴻蒙借君手，乾坤無事入懷抱，只有求仙與飲酒。一生低首唯宣城，墓門正對青山青。風流輝映今猶昔，更有灞橋驢背客（賈島墓亦在側），此間地下真可觀，怪底江山總生色。江山終古月明裏，醉魄沉沉呼不起，錦袍畫舫寂無人，隱隱歌聲繞江水，殘膏剩粉灑六合，猶作人間萬餘子。與君同時杜拾遺，窆石卻在瀟湘湄，我昔南行曾訪之，衡雲慘慘通九疑，即論身後歸骨地，儼與詩境同分馳。終嫌此老太憤激，我所師者非公誰？人生百年要行樂，一日千杯苦不足，笑看樵牧語斜陽，死當埋我茲山麓。

仲則走到學使衙門裏，只見正廳上燈燭輝煌，好像是在那裏張宴。他因爲人已疲倦極了，所以便悄悄的回到了他住的壽春園的西室。命僕役搬了菜飯來，在燈下吃一碗，洗完手面之後，他就想上床去睡。這時候稚存卻青了臉，張了鼻孔，作了悲寂的形容，走進他的房來了。

「仲則，你今天上什麼地方去了？」

「我倦極了，我上李太白的墳前去了一次。」

「是謝公山麼？」

「是的，你的樣子何以這樣的枯寂，沒有一點兒生氣？」

「唉，仲則，我們沒有一點小名氣的人，簡直還是不出外面來的好。啊啊，文人的卑污呀！」

「是怎麼一回事？」

「昨晚上我不是對你說過了麼？那大考據家的事情。」

「哦，原來是戴東原到了。」

「仲則，我真佩服你昨晚上的議論。戴大家這一回出京來，拿了許多名人的薦狀，本來是想到各處來弄幾個錢的。今晚上竹君辦酒替他接風，他在席上聽了竹君誇獎你我的話，就冷笑了一臉說『華而不實』。仲則，叫我如何忍受下去呢！這樣卑鄙的文人，這樣的只知排斥異己的文人，我真想和他拚一條命。」

「竹君對他這話，也不說什麼麼？」

「竹君自家也在著《十三經文字同異》，當然是與他志同道合的了。並且在盛名的前頭，那一個能不爲所屈。啊啊，我恨不能變一個秦始皇，把這些卑鄙的僞儒，殺個乾淨。」

「僞儒另外還講些什麼？」

「他說你的詩他也見過，太少忠厚之氣，並且典故用錯的也著實不少。」

「混蛋，這樣的胡說亂道，天下難道還有真是非麼？他住在什麼地方？去去，我也去問他個明白。」

「仲則，且忍耐著吧，現在我們是鬧他不贏的。如今世上盲人多，明眼人少，他們只有耳朵，沒有眼睛，看不出究竟誰清誰濁，只信名氣大的人，是好的，不錯的。我們且待百年後的人來判斷罷！」

「但我總覺得忍耐不住，稚存，稚存。」

「…………」

「稚存，我我……想……想回家去了。」

「………」

「稚存，稚存，你……你……你怎麼樣？」

「仲則，你有錢在身邊麼？」

「沒有了。」

「我也沒有了。沒有川資，怎麼回去呢？」

五

仲則的性格，本來是非常激烈的，對於戴東原的這辱罵自然是忍受不過去的，昨晚上和稚存兩人默默的在房間裏走來走去走了半夜，打算回常州去，又因爲沒有路費，不能回去。當半夜過了，學使衙門裏的人都睡著之後，仲則和稚存還是默默的背著了手在房裏走來走去的走。稚存看看燈下的仲則的清瘦的影子，想叫他睡了，但是看看他的水汪汪的注視著地板的那雙眼睛，和他的全身在微顫著的憤激的身體，卻終說不出話來，所以稚存舉起頭來對仲則偷看了好幾眼，依舊把頭低下去了。到了天將亮的時候，他們兩人的憤激已消散了好多，稚存就對仲則說：

「仲則，我們的真價，百年後總有知者，還是保重身體要緊。戴東原不是史官，他能改變百年後的歷史麼？一時的勝利者未必是萬世的勝利者，我們還該自重些。」

仲則聽了這話，就舉起他的一雙水汪汪的眼睛，對稚存看了一眼。呆了一忽，他才對稚存說：

「稚存，我頭痛得很。」

這樣的講了一句，仍復默默的俯了首，走來走去走了一會，他又對稚存說：

「稚存，我怕要病了。我今天走了一天，身體已經疲倦極了，回來又被那僞儒這樣的辱罵一場，稚存，我若是死了，要你爲我復仇的呀！」

「你又要說這些話了，我們以後還是務其大者遠者，不要在那些小節上消磨我們的志氣吧！我現在覺得戴東原那樣的人，並不在我的眼中了。你且安睡吧。」

「你也去睡吧，時候已經不早了。」

稚存去後，仲則一個人還在房裏俯了首走來走去的走了好久，後來他覺得實在是頭痛不過了，才上床去睡。他從睡夢中哭醒來了好幾次。到第二天中午，稚存進他房去看他的時候，他身上發熱，兩頰緋紅，盡在那裏講囈語。稚存到他床邊伸手到他頭上去一摸，他忽然坐了起來問稚存說：

「京師諸名太史說我的詩怎麼樣？」

稚存含了眼淚勉強笑著說：

「他們都在稱讚你，說你的才在漁洋②之上。」

「在漁洋之上？呵呵，呵呵。」

稚存看了他這病狀，就止不住的流下眼淚來。本想去通知學史朱笥河，但因爲怕與戴東原遇見，所以只好不去。

稚存用了濕毛巾把他頭腦涼了一涼，他才睡了一忽。不上三十分鐘，他又坐起來問稚存說：

「竹君，……竹君怎麼不來？竹君怎麼這幾天沒有到我房裏來過？難道他果真信了他的話了麼？我要回去了，我要回去了，誰願意住在這裏！」

稚存聽了這話，也覺得這幾天竹君對他們確有些疏遠的樣子，他心裏雖則也感到了非常的悲憤，但對仲則卻只能裝著笑容說：

「竹君剛才來過，他見你睡著在這裏，教我不要驚醒你來，就悄悄的出去了。」

「竹君來過了麼？你怎麼不講？你怎麼不叫他把那大盜趕出去？」

稚存騙仲則睡著之後，自己也哭了一個爽快。夜陰侵入到仲則的房裏來的時候，稚存也在仲則的床沿上睡著了。

六

歲月遷移了。乾隆三十六年的新春帶了許多風霜雨雪到太平府城裏來，一直到了正月盡頭，天氣方才晴朗。臥在學使衙門東北邊壽春園西室的病夫黃仲則，也同陰暗的天氣一樣，到了正月盡頭卻一天一天的強健了起來。本來是清瘦的他，遭了這一場傷寒重症，更清瘦得可憐。但稚存與他的友情，經了這一番患難，倒變得是一天濃厚似一天了。他們二人各對各的天分，也更互相尊敬了起來，每天晚上，各講自家的抱負，總要講到三更過後才肯入睡，兩個靈魂，在這前後，差不多要化作成一個的樣子。

二月以後，天氣忽然變暖了。仲則的病體也眼見得強壯了起來。到二月半，仲則已能起來往浮邱山下的廣福寺去燒香去了。

他的孤傲多疑的性質經了這一番大病，並沒有什麼改變。他總覺得自從去年戴東原來了一次之後，朱竹君對他的態度，不如從前的誠懇了。有一天日長的午後，他一個人在房裏翻開舊作的詩稿來看，卻又看見去年初見朱竹君學使時候一首《上朱笥河先生》的柏梁古體詩。他想想當時一見如舊的知遇，與現在的無聊的狀態一比，覺得人生事事，都無長局。拿起筆來他就又添寫了四首律詩到詩稿上去。

抑情無計總飛揚，忽忽行迷坐若忘。遁擬鑿坯因骨傲，吟還帶索為愁長。聽猿詎止三聲淚，繞指真成百煉鋼。自傲一嘔休示客，恐將冰炭置人腸。

歲歲吹蕭江上城，西園桃梗托浮生。馬因識路真疲路，蟬到吞聲尚有聲。長鋏依人遊未已，短衣射虎氣難平。劇憐對酒聽歌夜，絕似中年以後情。

鳶肩火色負輪囷，臣壯何曾不若人？文倘有光真怪石，足如可析是勞薪。但工飲啖猶能活，尚有琴書且未貧。芳草滿江容我采，此生端合附靈均。

似綺年華指一彈，世途惟覺醉鄉寬。三生難化心成石，九死空嘗膽作丸。出郭病軀愁直視，登高短髮愧旁觀。升沉不用君平卜，已辨秋江一釣竿。

七

天上沒有半點浮雲，濃藍的天色受了陽光的蒸染，蒙上了一層淡紫的晴霞，千里的長江，映著幾點青螺，同逐夢似的流奔東去。長江腰際，青螺中一個最大的採石山前，太白樓開了八面高窗，倒影在江心牛渚中間；山水、樓閣，和樓閣中的人物，都是似醉似痴的在那裏點綴陽春的煙景，這是三月上巳的午後，正是安徽提督學政朱筍河公在太白樓大會賓客的一天。翠螺山的峰前峰後，都來往著與會的高賓，或站在三台閣上，在數水平線上的來帆，或散在牛渚磯頭，在尋前朝歷史上的遺跡。從太平府到採石山，有二十里的官路。澄江門外的沙郊，平時不見有人行的野道上，今天熱鬧得差不多路空不過五步的樣子。八府的書生，正來當塗應試，聽得學使朱公的雅興，都想來看看朱公藥籠裏的人才。所以江山好處，蛾眉燃犀諸亭都為遊人占領去了。

黃仲則當這青黃互競的時候，也不改他常時的態度。本來是纖長清瘦的他，又加以久病之餘，穿了一件白夾春衫，立在人叢中間，好像是怕被風吹去的樣子。清癯的頰上，兩點紅暈，大約是薄醉的風情。立在他右邊的一個肥矮的少年，同他在那裏看對岸的青山的，是他的同鄉同學的洪稚存。他們兩人在採石山上下走了一轉回到太白樓的時候，柔和肥胖的朱筍河笑問他們說：

「你們的詩做好了沒有？」

洪稚存含著微笑搖頭說：

「我是閉門覓句的陳無已。」

萬事不肯讓人的黃仲則，就搶著笑說：

「我卻做好了。」

朱笥河看了他這一種少年好勝的形狀，就笑著說：

「你若是做了這樣快，我就替你磨墨，你寫出來吧。」

黃仲則本來是和朱笥河說說笑話的，但等得朱笥河把墨磨好，橫軸攤開來的時候，他也不得不寫了。他拿起筆來，往墨池裏掃了幾掃，就模模糊糊的寫了下去：

紅霞一片海上來，照我樓上華筵開，傾觴綠酒忽復盡，樓中謫仙安在哉！謫仙之樓樓百尺，笥河夫子文章伯，風流彷彿樓中人，千一百年來此客。是日江上彤雲開，天門淡掃雙蛾眉，江從慈母磯邊轉，潮到燃犀亭下回，青山對面客起舞，彼此青蓮一抔土。若論七尺歸蓬蒿，此樓作客山是主。若論醉月來江濱，此樓作主山作賓。長星動搖若無色，未必常作人間魂，身後蒼涼盡如此，俯仰悲歌亦徒爾！杯底空餘今古愁，眼前忽盡東南美，高會題詩最上頭，姓名未死重山邱，請將詩卷擲江水，定不與江東向流。

不多幾日，這一首太白樓會宴的名詩，就喧傳在長江兩岸的士女的口上了。

一九二二年十一月二十日午前

注釋

①本篇最初發表於一九二三年二月一日《創造》季刊第四期。

②王漁洋，清初詩人。

郁達夫作品精選：1

沉淪【經典新版】

作者：郁達夫
發行人：陳曉林
出版所：風雲時代出版股份有限公司
地址：10576台北市民生東路五段178號7樓之3
電話：(02) 2756-0949
傳真：(02) 2765-3799
執行主編：朱墨菲
美術設計：吳宗潔
行銷企劃：林安莉
業務總監：張瑋鳳

初版日期：2018年9月
ISBN：978-986-352-621-6

風雲書網：http://www.eastbooks.com.tw
官方部落格：http://eastbooks.pixnet.net/blog
Facebook：http://www.facebook.com/h7560949
E-mail：h7560949@ms15.hinet.net
劃撥帳號：12043291
戶名：風雲時代出版股份有限公司

風雲發行所：33373桃園市龜山區公西村2鄰復興街304巷96號
電話：(03) 318-1378
傳真：(03) 318-1378
法律顧問：永然法律事務所 李永然律師
北辰著作權事務所 蕭雄淋律師

行政院新聞局局版台業字第3595號 營利事業統一編號22759935

定價：220元

國家圖書館出版品預行編目資料

郁達夫作品精選：1 沉淪 經典新版 / 郁達夫著. --
初版. -- 臺北市：風雲時代, 2018.08　面；　公分

ISBN 978-986-352-621-6（平裝）

857.63　　107009999